长命

Chang Ming

半裁明月◎著

中国出版集团有限公司
China Publishing Group Co., Ltd.
现代出版社

目录

往昔，他是所有人的噩梦，却是我一个人的月亮。

今日，我是天下人的圆满，唯是他一个人的遗憾。

壹 碎金子馒头

1

重生后我做的第一件事，就是去城外那座破庙里把顾琉捡回来。

刚下完雨，破庙的角落里滴着水，地上躺着一个人，衣衫破烂，头发披散，脸脏兮兮的，看不出原貌。

他身上都是血，双目紧闭，出气多进气少。

不远处一群乞丐围着火堆，在闹哄哄地下注，赌顾琉什么时候咽气。地上摆着几个硬馒头，是他们的赌注。

没人关心顾琉是死是活，只当看个笑话。

他如今半死不活的模样，其实都是他们害的。

就在一天前，这群人在路边行乞，碰见有恶霸侮辱良家女子，他们义愤填膺地喊顾琉一起上去阻止，结果顾琉刚上前，后面那群乞丐就一哄而散。

只有顾琉被抓住，打了个半死。

这群乞丐只是想骗他过去找死，找个乐子看而已。

顾琉血肉模糊地在路边躺了半天，巡视的衙役嫌他败坏街坊形象，把他丢到了城外。

那天下着瓢泼大雨，顾琉意识模糊之下，拼尽最后一股子力气，自己一点一点爬回了这座破庙，接着就发起高烧，叠加重伤，至今昏迷不醒。

他破破烂烂地躺在阴暗潮湿的角落里，几只老鼠在等着他死去好啃食他的尸体，乞丐们则臭烘烘地聚在一起冷眼旁观。

任谁也想不到，不久前他还是帝京最耀眼的天之骄子，曾经鲜衣怒马的少年郎。

如果他没有从高处摔下来，这偏远贫瘠的小城，他一辈子都不必踏足。

2

顾琉原本是皇城里尊贵无比的太子。

他的父皇曾经只是个不起眼的皇子，获得了身为大将军之女的皇子妃，也就是后来的叶皇后相助，得以登上宝座，成为一国之君。

叶皇后年轻时为了皇帝亲自披挂上阵，和自己的老父亲一起建立了累累功勋，可刀枪无眼，她伤到了身体，一辈子只有顾琉这一个孩子。

皇帝感念叶皇后的恩情，后宫一直无嫔妃，这在民间一度传为佳话。

顾琉从小就被立为太子，身为皇帝唯一的子嗣、宫里的独苗，他自然是集万千宠爱于一身。他自己也争气，文武俱佳，各方面都优秀得无可挑剔，深受百姓朝臣爱戴。

就连远在这偏远边城山村的我，也曾听闻过那皇城里完美无缺的太子殿下。

少年鲜衣怒马，名剑照霜，蹄声过处，满楼红袖招。

鲜花着锦，烈火烹油，他成为众星捧月中明月那般的人物。

直到数月前，皇帝查出叶将军意图谋反。

百年世家叶家当晚被抄灭，获独宠十数年的叶皇后被打入冷宫后，吞金而亡。

顾琉太子之位被废，贬为庶人，流放数千里。

世人都感慨大将军糊涂，谋反不成反被诛，还祸及女儿和外孙。

可我知道，叶将军从来没想过谋反，那不过是皇帝过河拆桥的借口罢了，他终究是害怕叶家功高盖主。

况且，他不爱叶皇后，这么多年的独宠，都是装的。

他有年少时的青梅，藏着掖着，隐忍了十几年，如今他在朝堂内外站稳了脚跟，终于能把叶氏拉下来，光明正大地将他真正爱的女人接回来。

叶家倒下不久，皇帝就带回来一个女人和一个孩子，封为贵妃和安王。京中再无人提起曾经风光一时的叶家，也没人再提起曾经被众星捧月般宠着的太子。

孙贵妃妒恨了叶皇后十几年，现在所恨之人死了，她的恨意全都转移给了顾琉。在皇帝的放任与默许下，她授意押送的官员们多多“关照”罪民顾某。

一路风霜雨雪，没人知道顾琉都经历了什么，等他到达这偏远的凉城时，昔日风华夺目的少年，已经成了另一副模样。

他被打断了一条腿，褴褛跛足，蓬头垢面，时常被逼着毫无尊严地像狗一样匍匐乞食，沦为人人都嫌弃的傻子。

一夕之间从尊贵的皇子变成罪民，母亲、外祖父、族人尽数逝去，顾琉成了人人都可以踩一脚的落水狗，承受着足以击溃任何一个人的巨大人生落差。

任谁也想不到，这样落魄狼狈的顾琉，日后还能东山再起，重回京城，灭了孙家，逼迫旧皇退位，成为赵国的新帝。

只可惜啊……是个暴君。

3

我跨过破庙陈腐的门槛，手里提着一把沉重的斧头。

进门的一瞬间，那群乞丐齐刷刷地向我看了过来，见我一个姑娘孤身来此，立即不怀好意地哄笑起来。

我连一个眼神都没给他们，径直走到顾琉身边，不巧踩中了一只老鼠的尾巴，我一脸冷漠，用斧子把那只老鼠砍得四分五裂，场面血腥得令人作呕。

我再度抬头，面无表情地望向乞丐们时，那群人已经噤若寒蝉，缩着脑袋不敢乱动。

直到我拖着顾琉离开，他们也没敢说一句话。

我看似随意地扔了支金钗在角落里，趁着下一波大雨落下前把顾琉拖回了家，熬了药给他灌下去，拿布巾擦干净他脸上的泥点子，一张精致的脸露了出来。

顾琉生得实在俊美，浓艳又淡漠，好看得像天上的神仙。

只可惜，上一世，没有人把顾琉从破庙里捡回来。

他在那个角落里躺了三天，饥寒交迫，高烧不退，重伤昏迷。

没人救他。

他在生死边缘挣扎了三天，那是无比漫长的三天，连饥肠辘辘的老鼠都等不及了开始啃食他。

后来他靠着顽强的意志，奇迹般地撑了过来，但是从此落下了心病。他露在衣服外的脸被啃得血肉模糊，留下了满脸坑洼的疤痕，看着可怖吓人。

顾琉是个暴君。

名副其实，很残忍、很变态的那种。

残破的面容是他的逆鳞。

臣子一旦露出嫌弃或是惊吓的神情，他要么当场拔剑将人斩首，要么就是处以极刑，偶尔恶意来了还吩咐左右当众折磨戏弄……他残暴乖戾，喜怒无常，朝堂上下人心惶惶。

本就品行恶劣，再加上恶鬼一样的相貌，顾琉在百姓之间口口相传，成了吃人的阎罗，能止小儿夜啼，人人都盼望着暴君遭天谴。

然而，这一世，他不必命悬一线，也不必再毁容了。

4

第二天，顾琉依旧昏睡不醒。我出去买药的工夫，听见了街坊邻里的闲谈。

“哎，听说了没有？今天县令派了一堆捕快，把城外那群乞丐都抓进了大牢。”

“怎么回事？”

“王家的老祖宗丢了祖传的钗子，一直找不到。昨天有个乞丐偷偷摸摸将它拿去典当行典当，被掌柜的认出来，报了官。我估摸着就是这群讨饭的偷的，不然为什么不直接送回王家领个赏？”

“胆儿真肥！王家面子大，这下一群人全被抓起来了，肯定没什么好果子吃。”

说到这儿他们的闲谈就换了个话题，没人会把一群乞丐当回事儿。

我拎着药包回家，推门而入，对上了一双漆黑幽深的桃花眼。

顾琉满眼防备地看着我。

“你是谁？”

那把我从隔壁猎户那儿顺来的斧头被他不着痕迹地换了个地方，搭在手边，以便他随时都能拿起这屋里唯一勉强算作武器的东西。

看到我是个和他差不多年岁的姑娘家，他也没有放下满身的戒备。

顾琉以前就像那天上的太阳，耀眼张扬，待人接物温暖亲和，不像现在，浑身都是刺。

我没有回答他，而是说：“我救了你，你不必防备我。”

言下之意，我要伤害他，就不会多此一举救他。

顾琉不知道是信了还是没信，又问：“为什么要救我？”

为什么要救他呢？

“因为……”我想得有些久，找出来一个勉强算理由的答案，“很久以前，你给过我一个馒头。”

一个又大又香，藏着碎金子的馒头。

我望着他，看到他有一瞬间的恍惚。

往昔，他是所有人的噩梦，却是我一个人的月亮。
今日，我是天下人的圆满，唯是他一个人的遗憾。

贰 破碎的陶碗

5

他问我是谁。

我没回答。

并非我不想回答。只是我自己也不知道，该怎么描述我自己。

我是阿陶，是大山里的一个不起眼的贫穷山民女子，住在最偏僻的山沟里，连最近的村庄都要走两个时辰路才能到。

谁也不会想到，千里之外的皇城里，那个平民百姓只能在说书人口中听到的柳丞相，一人之下万人之上的大人物，是我的父亲。

他是我血缘关系上的亲生父亲——柳青石。

村里人只知道，我娘，是个疯子。

其实，我娘也不是一开始就疯的。

很久以前，我娘是富商家的女儿，从小被娇宠着长大，骄纵、愚蠢、恶毒、任性……但实在美丽。

柳青石是我娘家里一个家丁和仆妇的儿子，我娘不喜欢他，因为他总是太聪颖，衬托得她很笨，害她老是被父母在比较中嫌弃，于是她经常欺辱他。

柳青石一直怀恨在心，后来他一举考中了功名，带着他爹娘离开。他慢慢做到了当地的县令，然后寻了个由头，把从小长大的富商家抄了，将连主带仆数十人尽数斩首。

看着他长大的叔伯长辈们说斩就斩，连当初尽心尽力资助他读书的富商夫妇也不放过，其歹毒狠辣，可见一斑。

不知出于什么心理，他留下了我娘，偷偷关了起来，金屋藏娇，狎亵玩弄。我娘一夕之间父母双亡，不仅是大小姐落难，还被一直厌恶的仇人强暴，后来就被逼疯了。

柳青石得到我娘以后慢慢就感到无趣了。那会儿我娘疯得厉害，总是伤人伤己，加上他要晋升去别的地方任职，于是他临走前把我娘扔在了一个小山沟里。

那里有他爹娘以前住的老屋，两间茅屋，藏在山里，很久没人住了。

柳青石走前随手给了住山下村的一个婶娘一点儿钱财，让她偶尔进山来送些吃食用品。

我娘疯疯癫癫，头发堆在脸前，像个女鬼，那个婶娘也不愿意和她多接触，连她怀孕了也没发觉。直到孩子生出来，丢在角落里，发出细弱的声音，婶娘才震惊地发现眼前的疯女人之前居然还是个孕妇。

婶娘用狗奶把饿得奄奄一息的我救活过来。

我磕磕绊绊地长到五岁才学会说话，小心翼翼地问最亲近的婶娘，为什么我没有名字。别人家的小孩都有名字，我好羡慕。

婶娘让我去找娘亲给取一个，我有些害怕。

这么多年，我娘的疯病似乎好了一些，一个月里有那么几天是看起来正常的。柳青石留的那点儿钱早就用完了，我俩现在就靠我娘偶尔清醒时绣些东西托婶娘拿去镇上卖了钱，再换些杂粮带回来度日。

大小姐从前十指不沾阳春水，谁也不清楚她是怎么学会绣东西的，只见她双手被扎得满是血点子。

我害怕我娘，而她很讨厌我。

我是她仇人的孩子，是她被迫生下来的孽种。

我的娘亲疯起来时好几次想弄死我，把我推进河里，丢在有狼的深山中，用石头砸我的头，或是不给我饭吃等我饿死。

奈何我的生命力实在太过顽强，像一株野草，刚出生时被丢在地上冻了一晚上也没夭折，后面我娘好几次都没能成功弄死我，也就慢慢放弃了。

可她疯起来还是经常打我，用竹条抽，用指甲抠，扯我的头发，用各种暴戾的手段伤害我来发泄，连她自己都不知道她在干什么，她疯起来时对自己也是这样的。

她正常一些时，倒是不会对我动手，只是态度冷漠，甚至极个别时候她心情好了，还愿意对我笑笑，给我讲故事。

那种时候，即使她总是冷言冷语，我也舍不得走开，想和娘亲待在一起。孩子对母亲总是天生孺慕。

婶娘让我去找我娘要一个名字，我不敢，后来她自己和我娘提了一嘴，我娘一直没有反应。

这种状态一直持续到五岁的我垫着凳子在灶台上煮野菜粥，摔了一跤，打碎了一个陶碗。

我娘冷漠地看着我手臂上擦出的血，只俯身去捡陶片。

后来她说：“既然你这么想取名字，那以后你就叫阿陶吧。”

陶器不值钱，几文钱一个。

打碎了也不必心疼。

6

我十岁那年，婶娘去世了，再也没有人知道那片山沟里，还住着一对母女。

年幼的我开始接替婶娘的角色，徒步几十里地到镇上去，把我娘绣的东西卖掉，再买些最便宜的粮食带回去，往往清晨出发，到家时天已经黑透。

就这么走呀走呀，走了三年，春去夏来，秋收冬藏，我娘对我越来越好，甚至还能偶尔温柔地替我扎头发，那是我最幸福的时刻。

有一天我回到家，却发现娘亲不见了踪影。

我慌了。

我找遍了附近，依然找不到她。十三岁的我已经拥有远超同龄人的成熟，我循着蛛丝马迹，发现了邻居猎户来过的痕迹。

说是邻居，其实也是隔了很远的地方。半年前一个猎户在那儿定居下来，我们很少见面。

我用攒了好久的钱，买来一坛好酒，向他讨要了一只野兔，把酒送给他说是答谢。他开心地收下了，没有提醒我酒可比兔子值钱多了。

猎户喝醉以后，说出了我娘的下落。

原来他无意间看到了我娘乱发下的真容，惊为天人，想要强暴她。我娘砸破了他的头，他一时生气，就把我娘绑起来卖给了一伙行商，那一刻恐怕已经被带到了很远的地方。

我娘姿容甚好，卖的钱还挺多，猎户沾沾自喜。

我面无表情地拿起他屋里的斧子，亲手把他砍死，拖到了很远的、有狼的山林里，然后清理掉所有自己来过的痕迹。

第一次杀人，我手抖了一晚上。

第二天，村里进山采药的人发现了被狼吃剩的不明身份壮汉的残尸，纷纷告诫乡亲们小心野兽。

我把家里能卖钱的东西都卖了，勉强凑了一些盘缠，奢侈地买了几张饼，出发去寻找娘亲。

那时正逢旱灾，许多地方发生了饥荒，民不聊生。我路过一处灾区，身上的钱财和那几张饼都被哄抢一空。我摸了把脸上的灰，没敢追上去抢。

我娘貌美，堪称绝色。我有过之而无不及，我怕有人蹭掉我脸上的灰土。

我一路辗转追踪，到了一座热闹繁华的城，此地的景象与灾区截然不同。我浑身破烂，脏兮兮的，身上没有一点儿吃的，被迫边走边乞讨，丢弃了尊严，只为了一点儿馊食。

可是我太瘦弱了，抢不过别的乞丐和灾民。

我快饿死了，走在路上晕晕乎乎间迎面撞到了一辆奢华富丽的马车，车夫扬手就抽了我一鞭子，傲慢无比，破口大骂："哪儿来的乞丐，这么不长眼睛？惊扰了贵人你担待得起吗？"

我被抽得摔在地上，手上留下一道血痕，瞬间就清醒了。

看着面前贵重的马车，我想自己完了，今天可能会被打死扔到乱葬岗里。

车夫还想再抽我一鞭，却被阻止了。一只玉白修长的手轻飘飘搭在了鞭子上，他从马车里掀帘出来的瞬间，清朗动听的声音也落进了我耳朵里。

"别打她。"

7

那一瞬间我其实很想哭。

从记事起我受过那么多伤，从来没有一个人轻轻地说过一句“别打她”。

只是一句很简单的话而已。

那是我见到顾琉的第一面。

少年立在高大的骏马旁，白衣明净，矜贵耀目，妖颜若玉，一双深邃的眼睛，垂眸看向地上的我。

和狗仗人势的车夫不同，贵人本人并没有丝毫上位者的傲慢，反而语气温和。他让随从去买了一个馒头，亲手递给了我。

我愣愣地接过那个又大又香的馒头，又愣愣地望向他。

那时候的我并不知道他的身份，只知道他是个难得一见的贵人。

我指尖颤了颤，忽地跪在他脚边，攥住了贵人一小截衣摆，胆大包天地止住了他离开的步伐，眼里冒出了两行清泪，以一种弱小可怜的姿势仰望他，哀声说：“求公子救小女一命！”

我用一句夸张顿挫的话吸引他的注意，再娓娓道来前因后果，最后说：“找不到娘亲，我自己也不想活了。”

眼前这位似乎是个有善心的贵人，我在赌，赌他愿意帮我。

余光瞥见他那块被我攥住的衣角脏了，我脸色隐隐发白。

乱世人命轻贱，我这一条贱命，还没有贵人一件衣裳值钱。这是一场豪赌，如果惹贵人嫌恶了，我可能会死。

贵人用墨色浓郁的眸子盯着我，退后一步抽出了被攥住的那一截袍角，隔着不算太近的距离，他吩咐道：“十五，去帮她找。”

他愿意帮我。

然后他上了马车，消失在人群里。

一件微不足道的小事，当然不值得贵人亲自关注，不过他确实心善，留了一个随行亲卫帮我。

那时候我才十三岁，从小生活在小山沟里，没有接触过太多人，也没见过太多世面，仅凭着本能和比同龄人稍高的心智，无师自通地学会了楚楚可怜的假哭、示弱。

也许对于当时的我来说，我天赋和勇谋确实奇高。

但现在的我再去看，那时的自己未免过于稚嫩青涩，在当时身为东宫太子的顾琉眼里，我那点儿小手段肯定笨拙得可笑，矫揉造作。

但他还是留了自己最信任的亲卫来帮我。

十五不愧是从小跟他一起长大的最受信任、最厉害的那一个，两个时辰不到就找到了我娘的下落。

如果靠我自己，可能等我饿死在街头，我都没办法再见到娘亲一面。他们不同，他们有权有势，连一城最大的官都得听候差遣。

我娘果然被卖到了花楼，还是老鸨最宝贝的那一个。不过她受了刺激，又开始疯得厉害，连续伤了好几个客人，到现在都还没真正开始接客。花楼的老鸨逐渐对她失去了耐心，正在使用私刑逼她驯服。

老鸨看到我眼睛亮得跟灯笼一样，对着又脏又臭连狗看了都绕道的我，赞叹不已："好一个美人胚子！"

在她想上来抓我的时候，十五手起刀落削了她半截尖长的护甲套，扔给她一锭金说："赎一个人。"

刀锋但凡偏一点儿，断的就是她的手指或手腕了。

老鸨不敢再盯着我看，听到我们说要赎我娘亲，也没敢多问。花楼里的人察言观色能力够强，知道什么样的人是绝对不能惹的。

太子是隐瞒了身份前往灾区查看情况的，只是路过此处，随行车马均由地方官提供。和那个临时被找来的车夫不同，太子的亲卫也都是人中龙凤。

十五圆脸圆眼睛，笑起来露出虎牙，可可爱爱的，让人感到亲切。可该恩威并施时，他却也不含糊，这是长久跟随在太子身边耳濡目染出来的做派。

我们一起闯进刑房，见到了被绑住的落难美人。十五相当震惊，他没有想到脏兮兮小乞丐的亲娘竟然是个大美人，然后他扭头仔细打量着我脸上的脏污，露出了恍然大悟的神色。

临走时他塞给我一柄匕首，摸摸我的头说："小丫头，拿去防身。”

一旁前来找他的同僚瞪大了眼睛惊道：“这是殿下……这是公子最喜爱的短刃，你抠了镶嵌宝物送人，不怕被公子追着揍啊？”

同僚嘴上虽是这么说，身体却站在原地，根本没阻止他。

十五笑着回答：“当然怕啊，所以我要跑路了。”

说完他真的跑了，另外一个人追过去，两人消失在了人群里。

我立在原地观察着手里那把朴实无华的匕首，上面原来应该镶嵌了许多价值连城的宝石，眼下全被抠掉了，只留下纯黑的刀柄与银白的刀身，折射着冷光。

一柄华丽贵重的匕首，落在小乞丐手里，那叫怀璧其罪；一柄看似平平无奇却锋利无比的匕首，拿在小乞丐手里，才能真正用来防身。

年少无知的我还为那个爱笑的像大哥哥一样的侍卫担心过很久，害怕他被责罚。

后来我才明白过来，如果不是太子殿下默许，谁又敢拿他的东西送给别人呢？

他亲手递给我的馒头，我其实一直没舍得吃，放在身上，心口处被烫得发红。回程的路上娘亲想吃，我把冷掉的馒头掰开，才发现里面藏了几颗碎金子。

崭新又漂亮的碎金子。

身居高位，却垂怜世人疾苦。

那样好的顾琉，我只见过那么一次，在我的人生里昙花一现，留下天光霓虹般的残影。

我可能很没有良心，连恩人的脸都记不住，后来白马金鞍的少年面容慢慢在我记忆里模糊。可我始终记得，那双玉白修长的手，递给过我一个馒头。

一个又大又香，藏着碎金子的馒头。

往昔，他是所有人的噩梦，却是我一个人的月亮。
今日，我是天下人的圆满，唯是他一个人的遗憾。

叁 失而复得的玉牌

8

这些都是发生在我重生之前的事，这一世的顾琉当太子时也曾经历过，所以我说，我救他是还报他之前的恩情。

这么说很合理，顾琉看起来相信了。

但他并不愿意待在我家，我出去采药回来，他已经不见了。

我去他常出现的地方寻找，好几天了，顾琉一直避着躲着，并不愿意和我掺和在一起。

可我是个犟种，偏要一直找他、跟着他，即使他冷着一张脸，对我爱搭不理。

直到他被一群不学无术的二世祖拉到马场去作弄，被马蹄踹中心口当场晕了过去。

我一直等，等到那群人终于离开，再一次把破破烂烂的顾琉捡了回去。

这次顾琉好久才醒过来，他先看见熟悉的破茅屋，随即不出意外地看见了我。他干裂的薄唇动了动，好久才说：“再有下次，别救我了。”

我端着碗滚烫的药，替他吹凉，闻言敷衍地回答：“好的呀，不过你先把这药喝完再说……”

“啪！”

他没接，抬手把药碗打翻了，挣扎着要起身离开。

我看着他走了两步，又跌在地上，捂住心口，苍白俊秀的脸上满是痛苦。

我连忙上前把他搀扶到床上，打扫干净地面，到外面又熬了一碗药，折返回来依旧认真地吹凉热汤药，一点儿脾气也没有。

等到药温凉适中，我再次端给他，顾琉不接，我就这么举着、僵持着。

顾琉和我对视许久，流露出一抹淡淡的嘲讽的笑意。

“你不需要这样，你上次救我一命，欠的恩情已经还清了，况且那也不过是我举手之劳，不值得你这样。”

他顿了片刻。

“一个馒头的好，能有多好？”

9

是的呀。

一个馒头的好，能有多好？

只有极度缺爱的人，才会把别人随手施舍的一点点好，当作毕生的救赎，然后为此奋不顾身。救赎者随手漏下来的一点儿好，就足够填满可怜人贫瘠的一生。

但那不是我。

我可能随了我那冷血无情的爹，并不会因为一个馒头就感激到奋不顾身。

重生回来，我想救顾琉，很想很想救他。不只是因为他当初对我的那一点点好，当然还有别的原因，只是我永远都不会告诉他。

上一世顾琉的下场很惨，毕竟暴君人人得而诛之。我不想向他提起那些并不美好的过往，即使这一世的顾琉还没有经历那些。

我会一直跟着他，护着他，帮他绕开前世走过的弯路，避免他成为上一世那样的暴君，然后死得凄惨至极。

我希望他平安、顺遂，熠熠生辉。

我知道顾琉为什么不待见我，我实在太过了解他了。

现在的顾琉还没有恶到无可救药，他避着我，只是因为他不想牵连我。

整个洛城都被孙贵妃的远房亲戚把控着，他们打压着顾琉，要他人人喊打，一辈子只能当个乞丐，被折辱，被虐耍，苟延残喘。

从前对顾琉稍微表示过一点点善意的人，都暗地里被他们报复，慢慢地也就没人乐意搭理他，全都避之不及。

可他犟不过我，他要走，我也不拦着他，就一直跟着他；他晕倒，我就把他捡回去；他不肯喝药，打翻药碗，我就一碗一碗地重新熬。

我始终目光盈盈地看着他，丝毫不生气。

顾琉最终还是喝了药，躺在我的破茅屋里养伤，我顺带治好了他腿上的旧伤。

那群二世祖又想起顾琉来，找到了我家，却没发现顾琉的身影。在觉察到自己被耍后，他们把本就家徒四壁的茅屋砸得一片凌乱。

我娘和顾琉早就被我转移到了之前那个猎户家里，那里很久没人住，早就荒废了，再加上本就偏僻，外人轻易找不到。

我站在不远处高高的草丛里看着他们，为首的人是太守的儿子，也就是孙贵妃那个远房亲戚的儿子。这时，我忽然想起他曾经抢走过顾琉一样很重要的东西。

我目光幽幽地望着他。

10

我在进山采药的时候顺手摘了许多野山栀，打扮成卖花女的模样在太守府邸附近卖了好多天的花，摸清楚了太守那个肥猪一样的儿子日常的行踪。

我发现他隔几天就会单独出门一趟，去私会城郊村里一个年轻妖娆的寡妇。这是见不得光的行径，所以他不会像往常出门一样前呼后拥，身边跟着大堆狐朋狗友和侍从。

我找到了时机，蹲守在他一个人回家的必经之路上。

我慢悠悠地往头发上簪了几朵洁白的野栀子，就着路边的溪水把脸上调的丑化面容的药汁洗干净，撩开挡住大半张脸的头发，状似不经意地回头一看，对上了那死肥猪惊艳呆滞的眼神。

太守儿子经常欺男霸女，是妥妥的好色之徒，眼下他的第一反应当然是扑过来想把我抓住。

我故作满眼惊慌，无措地退后逃跑。

跑着跑着，我来到了更加荒无人烟的地方。肥猪男就在我身后不远的地方，他叫嚣着让我站住停下。

我还真的停在了原地。

我转身，没了无辜和惊慌的模样，面无表情地看着他踏前两步，一脚踩进了村里人用来猎捕野猪的陷阱里。

这人死得相当凄惨，被底下根根尖刺洞穿了全身。

我用钩子把他腰间的一块玉牌钩了上来，看到上面一个隐约的“叶”字，小心地将玉牌收进了袖中。我用落叶遮盖了自己的脚印，无声无息地离开了。

过不了几天，太守儿子踩中陷阱身死的消息就会传开，这是一桩意外，没有凶手，也没有人会因此被责罚。

至于他为什么会跑到这么偏僻的地方，可能是坏事做得太多，遇到讨命的野鬼了吧。

11

原路返回需要路过城关，为了不留痕迹，我绕了很远的路，翻过几座山回家，路上摔了一跤，被落石砸中了腿。

石头压着我的脚，缝隙间逐渐渗出血迹。我并不关心自己的伤，再次把玉牌翻出来，确认它没有被弄脏，才松了口气。

这是顾琉母亲留给他的唯一遗物，是很重要很重要的东西。

顾琉刚被流放到洛城的时候，太守儿子见他被殴打时也下意识护着这块玉牌，便故意抢走，当着他的面别在了自己腰上嘲讽他。

现在我把它抢回来了。

夜色渐深，野兽出没的声音在四周响起。

我还在想着脱困的办法，远处一点火光晃晃悠悠地靠近。顾琉左手举着火把，右手拎着那柄斧头，远远地朝我望过来，薄唇紧抿。

然后他抬手，一斧子砍倒了手边高大的竹子。

粗壮的竹身带着枝叶噼里啪啦砸在我身旁，惊起几声野兽短促的低吼，我瞥见暗处有黑影被吓跑。

原来我没察觉间，身后不知何时摸过来几只野狼悄悄蛰伏着。

顾琉加快了脚步赶到我身边，看起来有些生气地质问：“为什么大半夜不回家待在山上？”

我没回答，反而讶异道：“你怎么找到我的？”

不等他说话，我看到了他脸上、手上被东边水岸的茅草割出的细碎伤痕，还有衣角上挂着的西边荒地的苍耳，便明白了。

他应该是一步一步，从东到西，一直找，一直找，才终于找到了很晚没回家的我。

我再次体会到了那种一瞬间想哭的感觉。

我不是没有在山里迷路过、受伤过，可是从来没有人会来找我，一直一直找我。

我示意顾琉将火把递给我拿着，他小心地挪开压住我腿的石头，扯了衣摆替我简单地包扎，然后背着我下山。

他还在生气，沉默不语就是在生闷气。

天上的月亮又大又圆，满月清辉普照人间，不管我们走了多远，月亮始终跟在上方。

路过的水潭被微风吹皱，粼粼碎光幽寂无声。

“反正月亮也够亮，不用火把照着也看得清路。”我说着，将火把随手就扔进了水潭里。

然后在顾琉还没来得及提出疑问的空隙里，我用腾出来的手，摸出那块玉牌，戴在了他的脖子上。

顾琉僵住了。

我迟来地解释道：“没来得及天黑前赶回家，是因为我杀了个人，拿回了一样东西，为此绕了远路回来。”

我一点儿也不避讳对顾琉细述自己有多狠毒，唯有一点儿隐瞒了他。我说我是看到了他被人抢走玉牌的那一幕，所以知道他很珍视这玉牌。

我骗他的，其实那时候我还没重生，压根儿不可能在场，是上一世的经历告诉我，这玉牌对他来说很重要。

此刻玉牌还带着我的体温，垂在他的心口。

我看不见顾琉的表情，只能看见他的后脑勺，他墨色的发丝，还有他泛红的耳朵。

沉默了良久，他才迎着月光，沿着岸汀，踩着荒草，惊乱一丛丛的流萤，背着我稳稳地向前走。

他低声说：“阿陶，这只是一件死物而已，不值得为它这样冒险。”

我当然知道，这只是一件死物而已。

可这件死物，是顾琉母亲留给他的唯一的念想。

而且，现在的顾琉和他的仇敌们还都不知道，这块玉牌其实是令牌。叶家有一支暗兵，只认这块令牌，这是叶皇后当初留给顾琉保护自己的一柄利刃，只是她并没有来得及向顾琉解释清楚就匆匆走了。

上一世这块玉牌被夺走，没人把它拿回来，被那个太守的儿子当成普通的配饰戴着玩，戴腻了便随手赏给下人，此后辗转数次。

顾琉太子之位被废以后，他身边的人也跟着被处罚，很多人也被流放到洛城，只是顾琉被隔绝开，见不到任何亲故。

十五就在远处的军营当劳役，意外看到了顾琉那块玉牌被人拿来当作下酒的赌注，他认得那是自己原主子的东西，疯了一样想拿回来。一群人把这个低贱的劳役当个乐子，要他用自己一条手臂做赌注，把想要的东西赢回去。

十五二话不说任他们砍了自己一只手臂，淌着血把那块玉牌赢过来，用仅剩的一只手死死握着。那群人却输不起了，把本就奄奄一息的十五丢到了驯马场。

我印象中那个亲切爱笑的大哥哥一样的十五，就算没有去东宫当近卫，也能封得个小将军，上阵杀敌，就算死也会是抛头颅洒热血，光荣地死在敌军之中。可他最后却残了一臂，在自己国家的马蹄践踏中黯然咽气。

他的血浸染玉牌，上面的纹路发生变化，孙太守因此知晓了玉牌的实际作用。

最终孙贵妃一派掌控了那支锐不可当的暗兵，叶皇后留给顾琉保护自己的一柄剑，成了刺向他的利刃，成了后来他一路杀回京城最大的阻碍。

顾琉好几次险些丧命在路上，后来登基成了新君，再后来又被人推翻凄凉地死去，这块玉牌背后的势力是极大的诱因。

现在我把它抢回来了。

顾琉母亲的遗物不用再辗转流离，被人当作赌注玩物。

从小陪着顾琉长大的十五不会再因它而惨死乱蹄之下。

顾琉日后重回京城，也不会再有一柄刀刃始终悬在他的王座上方产生威胁。

利刃回到了本该攥着它的人手里，即将刺向它本该刺向的敌人。

夜风吹来，有些冷了。

我手环着顾琉的脖颈，轻轻依偎着他取暖，在满世界梦幻辉煌的月光下，凑近他耳边轻声又郑重地说：“值得的，珍视的东西要认真对待。”

这是上一世，那个俊美又嗜血、人人畏惧的暴君告诉我的。

往昔，他是所有人的噩梦，却是我一个人的月亮。
今日，我是天下人的圆满，唯是他一个人的遗憾。

肆 物是人非识故人

12

上一世我见到顾琉的第二面，是在皇宫。

千里之外，高阔穷奢的皇宫里，我穿着一辈子都没穿过的绫罗绸缎，梳着精致繁复的发髻，簪着金银宝玉做的首饰，过分柔软的布料让我一时难以适应，略显僵硬地缩在人群里。

春暖晴和，这一批新入宫的宫妃相约去赏花，我的贴身宫婢替我应了邀，要求我多和她们相处联络、建立关系。

我被迫和她们一起在御花园里闲逛，看着她们对着一朵花或是一株草吟诗作对，诉说着伤春悲秋的愁绪。

我一句话也插不上，自觉格格不入，下意识地站在人群的边缘。

忽然太监唱报道：“陛下驾到——”

一群人顿时噤若寒蝉，跪伏在路旁为陛下让道，暖风中弥漫起寒意凛凛的紧张气氛，有胆小的妃子甚至抖了起来。

不怪她们如此害怕，就连在那样偏远的小山沟里长大的我，都听闻过新帝的暴戾凶残。

那时候的我并不知道，从前有过一面之缘并给过我馒头的白衣少年是谁，当然也不会把他和千里之外凶名赫赫的暴君联想到一起。

我只听闻，暴君曾是废太子，早年被流放边城，后来又一路杀回了皇都，弑父杀弟，登上帝位。

我听闻，暴君青面獠牙，形如恶鬼，能止小儿夜啼，并且喜怒无常，嗜杀成性，暴戾恣睢。朝堂上下，皇宫内外，人人为之战战兢兢。

听闻，暴君前两日刚刚斩杀了一名宫妃，只因那人想要献媚争宠，守在他下朝的必经之路上红衣蹁跹跳了一支舞。

暴君觉得碍眼，当场就拔剑将人刺死。

然后他用娇娇美人的血浇灌一旁殷红的海棠花，说这样顺眼多了。

皇宫里人人自危，没人敢再有什么小心思。

暴君颇有些不近女色，宫里的妃子多是下臣为了讨好他送来的美人，或是户部按照祖制选秀挑来的大家闺秀。在他眼里这些只是用来制衡世家大臣的手段而已，他一律不管不问，不到他跟前来碍眼他根本想不起来，到他跟前碍眼下场就如前些天那个美人一般。

路上遇到暴君，一群新妃匍匐在地连头都不敢抬，我余光瞥见纯黑的袍摆在眼前掠过，在他疾行间浮动着暗金的纹绣。

身后有人忽地将我往前一推。

我跌在路中央，刚好挡在暴君的脚边。

他停住了脚步。

四面八方的人都朝我看过来，惊诧的、同情的、幸灾乐祸的……各种目光压在我身上，空气仿佛都凝滞了一瞬。

暴君的后宫没有宫斗争宠这回事，我不知道是谁，也不知道是为了什么想害我。

前些天那美人的血迹还在青砖缝隙里透着腥气，我当然害怕、无措，可我表面上依然镇定，顺着暗金龙纹盘踞的黑袍往上，看到了那人人畏惧的暴君真容。

传闻并没有错，他的脸上布满坑洼可怖的伤痕，形如恶鬼，令人作呕。

疤痕之间，是苍白的脸和幽黑的眼眸。他通身的压迫感，带着隐隐的血腥味。

他也在盯着我。

一旁有从小娇生惯养的妃子被吓哭，暴君转头看去，脸上没什么表情，轻飘飘地吩咐道："斩。"

在女人尖声惊恐的求饶声和侍卫行走时甲胄的碰撞声中，暴君垂眼看着我，问道："叫什么名字？"

我小心地答："臣妾柳熙妍。"

他用冰冷的手抬起我的下巴，目视着我的眼睛，声音中带着些讥诮。

"骗人。"

13

柳青石赶来的时候，装模作样地背着荆条，做足了负荆请罪的姿态。

真是虚伪。

让我想起半月前第一次见到这个亲生父亲的时候，他就是带着一脸慈爱的微笑，用同样虚伪的姿态，说要接我和娘亲回家。

这年是嘉和元年，远方的皇城风云迭变，小山沟里却始终宁静祥和。

这是我和娘亲相依为命生活在深山里的第十八个年头，我向娘亲偷学了刺绣，学着她的模样替布庄绣东西，和娘亲绣的一齐拿去换钱。我瞒着她攒了好久的铜板，买了街口那家的香喷喷的米糕，兴高采烈地提回去想给娘亲一个惊喜。

一回到家，却发现娘亲不见了。

家里那张破旧的桌子旁，坐着一个锦衣华贵的男人，他温文地笑着，满眼慈爱地问："认得本官吗？"

我戒备地注视着他，不接他的话。

男人并不生气，继续说道："本官是你的父亲，当朝宰相，来接你和你娘回京城。"

我当然知道他就是我那素未谋面的生父，第一眼就知道，毕竟我和他眉眼间确有几分相似。但我并不在意他是谁，他来做什么。

我只在意："我娘在哪儿？"

他避而不答，自顾自地让人捧来许多金银珠宝，说是给我的见面礼。他说着就要带我离开："洛城太过偏远，进京路上要花费许多时间，耽误不得，咱们今晚就赶路回去吧。"

一个生长在小山沟的贫穷少女，乍然发现自己竟是高官权贵之女，生父不仅慈爱温柔，还一见面就送了那么多珍贵的礼物，必定是兴奋极了，哪有拒绝的道理？

可那个贫穷少女偏偏是我，不识时务、油盐不进、又犟又固执的我。

我只担心我娘的安危，并不愿意莫名其妙地就跟一个陌生人离开。

男人终于没了耐心，撕下了和蔼可亲的虚伪假面，冷了脸，半是恼怒半是威胁地说："你娘已经在去京城的路上了，你想看到她平平安安的话，最好听话一点儿。"

他让人将我强行带走。

一群人把我们的小屋子弄得乱七八糟，我攒了好久的铜板买来的米糕被丢在地上，不知是谁踩了一脚，雪白的糕点粘满了土，被人嫌弃地踢开。

他们都是京城来的贵人，眼里只有那满箱的金银珠宝值得珍视，没有人会在意这间破旧漏雨的屋子，或是那包粗劣廉价、我好久才舍得买一次的糕点。

我在京城柳相府的确见到了娘亲，柳青石只远远让我看上一眼，就把我推走了。他把我安置在一处深院里，见不到几个人。

但我从下人的只言片语里，也逐渐拼凑出了自己的处境。

当年柳青石把我娘扔在深山茅屋里自生自灭，去了别处赴任，然后一路科考升调，高中状元。后来他又娶了世家贵女，仕途通顺，一举坐上了宰相的位置。

柳青石是远近闻名的贤臣。

百姓、朝官、先帝都夸他才德兼备、心系黎庶，还夸他是百年难得一遇的好丈夫、好父亲。

他在踏青之时遇到如今的夫人，才子佳人以诗相会，彼此一见钟情，在京中传为一段佳话。

后来柳青石求娶了那位贵女，并且始终坚持不纳姬妾，只对夫人一心一意。后来他的夫人怀孕时意外落水，早产生了个女儿，伤了身体，从此再也不能生育，他依然对其不离不弃。他对唯一的夫人和嫡女宠爱万分，宠得尽人皆知。

人人都称赞柳相痴情专一，人人都艳羡柳夫人遇到了一个好郎君。

后来权力更迭，暴君继位，户部广选秀女，丞相嫡女身份尊贵，自然也登记在册。

那个嫡女，名唤柳熙妍。

柳青石连夜赶到了偏远的洛城，绑走了我的娘亲，用来威胁牵制我，让我替柳熙妍入宫。

柳熙妍是早产儿，自小体弱多病，大部分时间都住在郊外的庄子里静养，见过她的人不多，我们又有几分相似，想要偷梁换柱、蒙混过关，是再简单不过的事情。

新帝残暴，皇宫处处危险，柳青石不舍得他从小娇惯养大的嫡女受罪，于是便想起了我。

你看，他不是不清楚我的存在，他只是等到我有了利用的价值，才想起我来。

但他千算万算没料到，所有人都蒙混过去了，可新帝见到我第一眼，就拆穿了他布的局。

这可是欺君之罪。

柳青石背着荆条跪在殿前请罪："微臣糊涂啊！"

他解释道："都怪微臣没管教好这个不孝女。她是微臣路边捡来的，看着可怜，收作了养女。没想到，这人贪图荣华富贵，擅自拿走了妍儿的身份牌，还打晕了妍儿，冒充她去选秀。而微臣近来忙于公务，疏忽了女儿的事，竟然等到陛下揭穿她才得知此事。"

他明确表态："此女罪大莫及，按罪当诛，请陛下明断。"

柳青石把所有过错都推给了我，自己择了个干净。

他腰间挂着一枚绣工精致的锦囊，明显是我娘亲绣的。

他在警告我——

我娘的命还攥在他手里，我必须听他的话。

正如送我进宫那天，他递给了我一枝从娘亲院里摘的杨柳，告诉我必须听从贴身宫女的话，那是他安排来监视我的耳目。

14

我木然地跪在一旁盯着地面，仿佛亲爹当堂喊打喊杀，嚷着其罪当诛的不是我，好像我并不关心自己的生死。

柳青石说了一堆看似请罪实则推脱的话，而暴君坐在上首，始终无动于衷，慢悠悠地用杯盏喝酒，也不知在不在听。

直到柳青石说到要大义灭亲，亲手教训我的时候，暴君才掀了掀眼帘，手里价值连城的琉璃盏顺手就抛了过来，摔在柳青石面前，止住了他的动作。

暴君声音倦怠，仿佛随口一问："越俎代庖？"

这话其实很重，没有哪个当皇帝的愿意看到臣子自作主张地替自己行事。

柳青石吓白了脸，连连磕头说道："微臣不敢。"

暴君今日似乎没什么杀人见血的心情，他本就喜怒无常，让人摸不透想法，如今也是。他说："三日之内，孤要看到你的嫡女出现在宫里。"

他挥挥手让人都退下去。

他没说要怎么处置我，那就是怎么处置都无所谓。

好久过后，他身边的太监走出来传旨："柳大人身为一国之相，劳苦功高，陛下今日不追究此事，还望大人日后警醒，切勿再犯。"

"另外，这姑娘，既然已经入宫了，便给个身份吧。"太监补充道。

偷梁换柱、欺君之罪，竟然就这么一笔带过，谁也没受到责罚。

不知道的，还以为当今圣上是个多么温和的人呢。

可这正是满朝文武战战兢兢、惶恐终日之处，他将人一剑斩首时不顾礼法，他心生倦怠将欺君之罪一笔带过时同样不顾礼法，没有什么能束缚得了他，他的危险是无序又混乱的。

没人知道他在想什么，连柳青石这样的老狐狸也揣测不出他的用意，只能照做。

他将我带回了柳家，打开祠堂的大门，在族谱上随意写了个名字。

他放下毛笔看着我："从今往后，你就叫柳添吧。"

从今往后，我不必再使用他人的身份姓名。

15

他取名取得很敷衍，那时我还不识字，并不知晓“添”之一字，意味着多余。

而“熙”和“妍”，都是寓意美好带着祝福的字眼。

我以柳家庶女的身份在内务府重新登记造册，得了个不高不低的封位，换了个不好不坏的宫殿。

柳熙妍一进宫便是位分最高的贵妃，前脚刚住进新宫殿，后脚就把我召了过去，前后左右绕着圈儿打量我，然后用力捏起我的脸讽笑道：“你就是那个女人生的女儿？我爹可把你们娘俩藏得太好了，现在才让我知道。”

她止住笑，又说：“生得倒是不错，饶是外人讨好我爹都宣称我是京城第一美人，瞧见你我才发觉自己那第一美人的称号怪可笑的。如此看来，你那个娘亲，必定也是个绝顶的狐媚子……”

柳熙妍身体弱，性子却一点儿都不弱，骄纵跋扈得很。她尖锐的指甲陷进我的皮肉里，抠出刺眼的红痕。

她随手取了一支簪子在我脸上比画着说道："狐媚子，都该死！这么美的一张脸，就该划烂掉。"

簪子抵在我的脸上，刺出了一点儿血痕。

我安静地注视着她。

我袖里藏了一柄刀，随时可以刺向她，挣脱开，然后逃跑。这是我唯一能想到的反抗办法。

可是逃跑了，然后呢？我跑得出这层层宫阙吗？我娘可还在柳青石手里。

我不曾反抗，始终太过平静。柳熙妍忽地失了兴致，把簪子丢开，理了理自己散掉的头发说："你走吧，我……本宫倦了。"

我走出去，门外站着一个清丽的白衣女子，关切地向我凑了过来。

"嘶——这怎的还见了血，太过分了。"她拿着帕子按在我脸颊的血口子上，替我压着止血，满眼的怜惜。

我不认识她，挡开她的手退后两步。

她顿了顿，这才想起来向我介绍自己。

她说她是我庶姐，是我和柳熙妍同父异母的姐姐，柳惜容。

柳青石还在洛城当官的时候，府里是有姬妾的，还生了一个女儿。后来他在京城娶了妻，原来的姬妾都被遣散了，只有庶长女留了下来，不过很少有人知道她的存在，这次柳青石把她也一并送进了宫，算是柳熙妍的陪嫁。

柳熙妍飞扬跋扈惯了，柳惜容在家中也总是受她欺压，看到我被欺负，顿感同病相怜，但又不敢上前阻拦，于是在门口站了很久。

柳惜容把我带到了偏殿，细致温柔地替我擦伤药。她眉眼很淡、气质温婉，是一个姐姐应有的模样。

这是我不曾感受过的，或许是叫作“亲情”的一种东西。

我愣愣地任她摆弄。柳惜容送我出门时往我手里塞了一瓶伤药，朝我轻柔地微笑道：“妍儿从小乖张，我从来不敢想象，有朝一日我竟然也能拥有一个乖巧的妹妹，以后我们两人互相扶持，在这深宫里也算有个照应。这是我一直舍不得用的上好金疮药，你拿去用，不要省，姑娘家的脸面可是一等一的紧要。”

“妍儿她……就是这样一个人，你以后尽量避着她吧。”说到这儿，柳惜容的微笑变成了苦笑，看着似有道不尽的辛酸。

我点头表示答应，在她的目送下走回自己的宫殿。

路过御膳房时，我在角落里发现了一只灰扑扑的丑兔子。

它蜷缩在墙根的沟渠边上，灰白的杂毛凌乱不堪，一只耳朵缺了个大口子，胡须随着快速的呼吸微微颤动。

一只从御膳房里跑出来的再普通不过的用来宰杀的兔子。

只是它那一双纯黑的眼睛小心翼翼地望过来，忽然就让人感觉很可怜。

我把它捡了回去，喂养起来。

从小在山里生活的我，养惯了各种牲畜卖钱，养只兔子也不过是顺手的事。

这一院宫室，主殿还没有主妃入住，只有对面的偏殿住了一个嫔妃。她是忠勇侯府的女儿，印象中很孤僻，不爱和其他人接触，我和她也毫无交集。

直到有一天我推开窗子，发现她在看着我的小兔子吃草，甚至看入了迷，津津有味地观察了一两个时辰。

被发现后，她倒是不惊慌，头一次和我打了声招呼，于是我们俩就莫名其妙地熟络起来。

她叫卫轻雨，虽为武将之女，却做得一手好糕点，唯一不好的地方就是糖总放太多，腻死人。时间久了院里的宫女太监一听到她又在小厨房鼓捣点心，便纷纷找理由躲开，躲不开的假装吃几口就偷偷扔掉。

只有我不挑，她做什么我吃什么，从不浪费食物。

卫轻雨感动得说要和我结拜为姐妹。

柳惜容来时听到了这话，斥她想得美呢，说柳添可是有亲姐妹的。

然后她们两个就会互相阴阳怪气地拌嘴。

我每天割草喂兔子，替柳惜容和卫轻雨绣帕子，日子枯燥又重复，但也是难得的安闲。

我娘在相府，每隔好久才由那个贴身宫女给我报一次平安。

我有意避着柳熙妍，她倒也没再来找我的麻烦。

听说暴君西巡去了很远的地方，所以我也很久没有再见到他。

16

我本以为和他不会再有什么交集。

听闻暴君西行一趟，一路滥杀，沿途官绅被折磨得惨不忍睹。好不容易暴君杀腻了起驾回宫，地方上送走这位杀神终于松了口气。半路上又有人冲撞了天子尊驾，被带回皇城扔进了天牢。

好巧不巧，那人是位远近闻名的神医，乐善好施，常常为百姓义诊，在民间极受爱戴。听说神医被打入天牢，各地受过其恩惠的百姓联名请愿为他求情，州府官绅被搞得焦头烂额，却又不敢上书请奏，就因为朝堂上有人提了一嘴，暴君便当庭处决了好几个大臣，血流满地。

一连好几天，暴君都在疯狂乱杀，朝堂后宫一片压抑沉闷的气氛。

这时柳熙妍宫里的宫人找到了我，端着托盘里的药碗示意我接过去：“陛下近来头疼的毛病又犯了，贵妃娘娘心系陛下，揽了熬药的活儿，亲手熬了汤药，本想亲自送过去，奈何临时感到身体不适。您是娘娘的亲姐妹，娘娘特意嘱咐由您来代劳。”

这很明显居心不良，上午宫里刚传开，有一对别国进献的双生子美人，不清楚宫里形势，听到陛下身体不适，煲了汤送去了勤政殿，两声惨叫过后便再也没出来。

这是让我去送死。

见我久久不回应，那宫人又笑起来道：“听说老爷藏了个来历不明的女人在府里，夫人已经知道了，正伤心呢，谁知道夫人会不会将人发卖到花楼里……”

我接过那碗药，仔细看了她一眼，记好了该人的长相，扭头朝勤政殿走去。

这是我从没来过的地方，殿外战战兢兢地跪了一群人，有几个身着朝服的人正被按在殿外打板子。他们根本不敢发出惨叫声，只能把手伸进嘴里，咬出了满口的鲜血，死死地忍着。

倒是没人拦我，我进了大殿，绕过屏障，看见两具身首分离的尸体横陈在中央，换作那群娇滴滴的贵女非得当场吓晕或者呕吐起来。我脚步也顿了片刻，垂着眉眼往前去。

暴君正在议事，高坐上首，撑着额头，看起来确实是头痛的样子。他的面色并不好，窗外天阴日冷，惨白的光散落在他身周，显得整个人暴戾又压抑。

几个大臣在底下频频地抹着冷汗。

我安静地路过他们，小心地把药碗放在暴君桌案上，正想无声无息地退开，底下却有人说错了一句话，惹得暴君生气。

他猛地站起来，抬手将桌上的奏折纸笔连带刚熬好的汤药一并扫落到地上，丁零当啷，动静极大，底下一群人纷纷伏地请罪。

暴君提剑就斩了一个臣子的脑袋，声音冰冷道："滚。"

"都滚！"他踢开脚边的头颅，将长剑狠狠掷在地上。

他们连跑带冲地退出去，我还来不及走开，暴君的余光就瞥见了我。他掐住了我的脖子，神情阴鸷，双眼发红，眼神冷锐又疯狂地问道："你怎么还不走？你也是来刺杀朕的吗？"

我隐隐感觉，他的状态有些奇怪。

奈何我被掐得根本说不出话来，微弱的挣扎在他手底下如蚍蜉撼树，我的视线逐渐模糊。快死的那一刻，我好像下意识地抽出了袖里的匕首，刺穿了暴君的手掌。

他放开了我。

我瘫在地上咳嗽着大口呼吸，看到他满手的血，才反应过来自己干了什么，顿时感觉死到临头，但还没来得及惊慌恐惧，我就因为被掐得窒息太久，眼前一黑昏了过去。

17

我以为我即便还能醒来，也必定是在阴暗的大牢里。

可我睁开眼，入目却是烛火幽微的宫殿。

我从榻上爬起来，看到手臂上留着几根针灸针，应当是有太医来给我看过。我拔了那些针，走出小隔间一看，还是在勤政殿。

整个大殿安静得可怕，一片狼藉还没有收拾，角落里的蜡烛已经烧了一半，烛泪缓缓滴落。一缕檀香从炉子里升起，飘散在空旷昏暗的殿宇间，却驱不散那浓重的血腥味。

暴君背对着我，一个人懒散地坐在台阶上，捏着那柄匕首把玩。他自己的伤还没包扎，血淌满襟。

我一时不知是进是退。

他像背后长了眼睛，淡声问："醒了？"

我连忙走到他跟前跪下请罪，说刺伤他是我一人的过错，我愿意受罚，此事与柳家无关。

他没反应，过了好久，我试探着抬头看他。

暴君依然安静地捏着那柄匕首，轮廓在烛光下晕着微光，眼睫微垂，眸底倒映出幽微烛火，冷漠又倦怠，带着挥之不去的厌世。

有那么一瞬间，我恍然觉得他其实是一个顶顶好看的人。美人在骨，他面容丑陋，但骨相依然俊美无俦，给人带来后知后觉的惊艳。

他等我说完话，才道："这是十五偷偷送给你的那把刀，我十六岁那年母亲送给我的生辰礼之一。"

一句很平静的话，宛如惊雷炸开在我脑中。

18

在我走投无路的时候，有人曾拉我一把，那个人，我永远都不会忘记。

可我很惭愧，我并没有认出他来。

我从没想过，眼前这个形如恶鬼、残暴不仁的帝王就是当初那个容颜如玉、矜贵善良的少年。

我总算明白过来，那天我被人推了一把，跌在他面前，他为什么一眼就能看穿我不是柳熙妍。

我认不出他来，他却还记得我。

他记得我叫阿陶。

阿陶是没有爹的孩子，一个人保护疯傻的娘亲，这是当初十五告诉他的。

一个没有爹、为了寻找疯娘差点儿饿死在街头的小乞丐，那样可怜，那样狼狈，又怎么可能和柳家那个从小娇宠长大的柳熙妍是同一人呢？

这段时间，想必他早就把我的底细查得清清楚楚。

我以为他要把匕首拿回去，毕竟那是与他的故人有关的东西。寒光凛凛的短刃握在他手中，给我一种兜兜转转、物归原主的错觉。

可墨发玄衣的帝王，拿着那柄已经有些陈旧的匕首，在自己衣袍干净的一角擦了擦，擦掉了上面他自己的血迹，然后递给了我。

他的声音很轻很淡："这刀，刀柄油亮，你应当是随时随地带在身边的，一定是很珍惜很喜欢。既然送给了你，就是你的，好好收起来吧。"

知道了这是他母亲送他的生辰礼，我不太好意思去接。他看了我几眼，终于站了起来，缓缓走到我面前，把我拉了起来，将归鞘的匕首放在我掌心，攥着我纤细的手将它握住。

此刻的他，和方才疯狂暴戾的样子截然不同。

他的手，修长，苍白，又冰冷。

我第一次离他那么近，近到可以嗅见他身上血腥味底下浅薄的檀香。

本该暴戾恣睢、杀人如麻的暴君告诉我："拿好它，珍视的东西要认真对待。"

他母亲送过他的生辰礼很多很多，对于他来说，这只是其中并不起眼的一件；可对于我来说，这却是某种唯一。

所以，他把它留给我。

"回去吧。"他转身捡起地上沾满血的长剑，割了块碎布仔细擦拭，看样子并不打算追究我刺伤他的事，不然也不会为我喊太医来。

可他看样子也并不打算管自己手上的伤，上面还渗着血，明明刚刚有太医来过，他却没让人给自己医治，甚至全程没流露出半分的疼意。

我大着胆子提醒他。

暴君顿了顿，随手撕了布条自己潦草地包扎了起来。

我不解，却也没道理深究，一步步走远绕过屏风，然后再次大着胆子折返回去，小心地问他："陛下，那……之前那个十五大哥去哪儿了呢？"

在宫里待了那么久，我并没有见过他，那个曾经形影不离跟在少年身边最亲近的下属。

暴君停了手，并不看我，眉眼低垂，面无表情，声音也平静淡漠："死了。"

死在离他很近很近的地方，被马群践踏到尸骨残缺，而那时的他毫不知情。

我不记得自己是怎么走出勤政殿的。

秋深了，路上的草木开始凋零，红叶纷乱，随着微风卷进裙摆间，随着月光嵌进湖水里。

那个时候我还不知道他叫顾琉。后来我才知道，顾琉西巡那一趟，终点是洛城。

正是他当年流放的路线，一路上，他处决了好多人，连洛城外的军营也屠戮了一遍。世人都说他喜怒无常，滥杀无辜。无不无辜，只有那些死去的人自己知道。

顾琉在洛城被人极尽折辱压制，被时刻监视、谩骂、殴打，被打断双腿跛足前行，被乞丐戏弄差点死掉，被老鼠啃食毁容，被抢走母亲留下的玉牌……他靠着装疯卖傻降低仇敌的警惕，艰难地活着，直到他听闻了被人当作闲谈笑话的十五的死讯。

时逢边关动乱，洛城几近失守，顾琉趁乱逃了出去，救出了自己剩下的几个散落在各处的旧部，怀揣着满腔的恨意直奔京城，打算与仇人同归于尽、报仇雪恨。

一行人不敢走官道，只能翻山越岭赶路。最是饥寒交迫的时候，他们路遇了一个被箭贯穿的老人，有人认出那是附近有名的神医。

神医在洛城义诊，碰上了战乱，逃跑时被流矢射中，已奄奄一息。

那时候的顾琉，早已麻木又冷漠，心里已经没有多少善念，可对方是个老人，又是救死扶伤无数的医者。顾琉垂眼看了老人半晌，终究选择了带上他，一群人分出仅剩的干粮、药物把人救醒。

神医醒后，说很感激他们，却用一锅汤把所有人药翻，带回了自己府里。他那个府邸，花果茂盛鲜妍，底下埋了一摞一摞的尸骨。

外面远近闻名的大善人，其实是个掳人来试药的疯子，他不在乎人命，不在乎其他任何东西，只在乎配出的药方是不是最好的。

他觉得顾琉性格坚韧，很适合用来试药，不会轻易死掉，影响他研制药物。

顾琉和旧部们成了神医的药人，同伴们在惨无人道的折磨中相继死掉，慢慢地只剩下顾琉一个人，他被关在暗无天日的小屋子里，与毒虫蛇鼠为伴。

度日如年的日子，顾琉一熬就是好几年。每当神医以为他要死了，打算埋掉，闷不吭声的少年竟又挺了过来，仿佛就是为了活着而活着，即使生不如死也要活着。

顾琉隐忍多年，摸清了府里的布局，获取了神医的信任，最终还是活着逃了出去。

此时，外面已然局势大变，战乱四起，满目疮痍。远在皇宫的老皇帝不问政事，孙贵妃依然没坐上皇后之位，安王生性顽劣不能服众，天下诸侯纷纷萌生异心，朝官、州郡官都在忙着投诚站队，底下民众也叛乱不断。

顾琉拉拢了以前叶大将军提携过的一些武将，于乱世之中，以战养战，扩大势力，一步一步，杀回了京城。

孙贵妃和安王都被他亲手射杀，他提着两人的头颅踏进了皇帝寝宫，看到曾经威严高大的父皇萎缩成了一个枯瘦的老头，正颤颤巍巍地写下退位让贤的诏书。

老皇帝没有丝毫被逼宫的愤怒，反而满眼欣慰地望着他说："好！好！琉儿，不愧是朕的好琉儿，乱局之下，群雄逐鹿，而你一力平天下。"

可等到逆光而来的顾琉走到近处，看清了他脸上可怖的疤痕，身上衣间腥臭的血，还有那死掉的春水一般寒彻骨的眼眸后，老皇帝僵住了。

"你怎么会、怎么会变成这样？"他更像是在自言自语。

顾琉带兵杀入皇宫时，老皇帝反而让人撤去了防守，不做任何反抗，就在龙椅上等着他的到来，然后顾琉终于知道了真相。

原来当初他的母亲并没有在冷宫自尽，也是，一个能随父亲披挂上阵的奇女子，怎么会遇事就自决呢？

那只是对外的说法，叶皇后实则被关在了京城郊外的一处宅子里，老皇帝不知为何，没舍得杀她，偶尔还会去看她。

叶皇后被折断了羽翼，囚禁在那宅子里多年，后来孙贵妃知道了，时常派人去折磨她，致使叶皇后染了病，加之忧思过重，小病拖到大病，最后病死在了那个始终走不出去的小宅院里。

她死后，老皇帝好像突然就觉醒了对她的爱意，也突然发现了孙贵妃的恶毒。

他开始后悔，后悔伤害了曾经满心满眼都是他的妻子，导致最后的几年里她对他只剩下憎恶。他把叶皇后的死怪在了孙贵妃头上，开始厌恶她，一次次推后答应过的“封她为皇后，封安王为太子”的承诺。他开始满怀歉疚，自暴自弃，连政事也没心情管，终日待在叶皇后曾经住过的宫殿里醉生梦死。

后来风云变幻，顾琉提着老皇帝爱妃和皇子的头颅扔在他脚边，他也并不在意，他主动退位，说想要与故去的妻子合葬皇陵。

老皇帝还在说着合葬的愿望，没留意顾琉已经红了眼眶，满身的杀气。

原来叶皇后当初并没有在冷宫自尽，她是在深宅里病死的。她病死的时候，正是顾琉作为药人饱受折磨，即将逃出生天之时。

只差一点儿，原来只差一点儿他就可以见到自己的母亲。

只要他逃得快一点儿，杀回京城再快一点儿，他就可以救出自己的母亲。

顾琉嗤笑一声，扬手砍下亲生父亲的头颅，正如对待那母子二人的方式一样。

然后他把老皇帝的尸首丢出去鞭尸、喂狗，叶皇后则被移葬在叶家的祖坟间。

顾琉那天杀了很多人，血洗整个皇城，加上弑父杀弟、手段残忍、不顾后果，即使他有先帝留下的禅位诏书，名正言顺登基，暴君的名声也难以遏制地传开来。

他之前的腿伤早就被治好，但因治得太晚留下了后遗症，天冷时腿总是一阵又一阵剧痛。

顾琉确实是个暴君，视人命如草芥，尤其是丑恶面容被人嫌弃，或是腿上的旧伤隐隐作痛的时候，他心情不好，便更加残暴嗜血。

没有人发现，其实他每次大发雷霆、疯狂嗜杀的时候，状态都是不对劲的，就像失了智的猛兽，只有杀戮和戾气。

那是因为他体内残毒的影响。

顾琉被当作药人吃了很多乱七八糟的药，毒性混杂在一起，难以根除，不定时发作，严重时甚至会影响到神志。

顾琉自己知道，却对自己放任不管。

他的仇人都死了，他的亲人也都死了，他就像游魂一样留在这世上，没有什么目标，也没有什么着落。

他知道过分残暴迟早会遭到反噬，很多事情他明明可以温和地解决，但他并不在乎，放任自己残暴、杀戮。因为他并不喜爱自己的臣民，也并不喜爱他自己。

跌落谷底的时候，他救过的人害他，救过他的人也害他，人人都践踏他，他见证过太多人性的丑恶，所有的人和事都让他厌倦。

他坐在人间至高的尊位上，手握呼风唤雨的帝王印玺，身着能工巧匠绣成的龙袍。

可他的面容是损毁的，龙袍之下的躯体布满了伤疤，他的身体早已被药毒侵蚀得如朽掉的木头，他的内里也是破碎的，破破烂烂的。

人人都畏惧暴君，没人记得他也是当初被所有人爱戴着的太子殿下。

那天晚上，我从勤政殿走回来，梦到了年幼时的自己，还有年少时的顾琮和十五。

少年推开嚼着他头发玩的调皮大白马，长身玉立，雍容端雅，眼神一直落在可怜狼狈的小乞丐身上。

他说："别打她。"

他还说："十五，去帮她找。"

然后他上了马车，消失在人群里。

十五很爱笑，像大哥哥一样亲切，他笑着回答同僚："当然怕啊，所以我要跑路了。"

他说完跑远，两个人追逐着，也消失在人群里。

从此以后，世事更迭，年岁暗转。

熠熠生辉的顾琮和活生生的十五，都不再得见。

正如落叶卷进裙摆、嵌进湖里，在月光的见证下，没了踪影。

往昔，他是所有人的噩梦，却是我一个人的月亮。
今日，我是天下人的圆满，唯是他一个人的遗憾。

伍 幻灭的心灵寄托

19

好像秋末万物凋残的时候，天也总是阴的。

我从勤政殿回来，忽然就觉得天太冷太冷，深入骨髓的冷。于是我把角落里的灰兔子抱了出来，搂着它蜷缩着入睡。

兔子很乖，虽然很不适应，却也没挣扎，为我带来了丝丝缕缕的暖意。

第二天，我找到了柳惜容，直截了当地问她：“是你收买了柳熙妍殿里的宫人，逼我去盛怒的陛下跟前送死的，对吧？”

她来不及扬起温柔似水的笑容，被我一句话问僵了脸色，转而讶异地望着我问道：“你是怎么知道的？”

没否认，那便是承认了。

深秋的寒凉又阵阵泛上来，我感觉我的心脏也浸透了冷意。

是暴君命人查清楚的。

老太监告诉我：“陛下确实有头痛的顽疾，发作时暴躁失控，来送药的都是有去无回，宫里一向都是安排死囚去触这个霉头。”

没有宫妃爱往陛下跟前凑，除了那天那对双生子美人那样，想去刺杀他的。

有人欺负我在宫里没有人手，闭目塞听，于是买通柳熙妍宫里的宫人，拦截了那天的药，要我去送死，然后嫁祸给柳熙妍。

这个人，是柳惜容，我一度信赖感激的柳惜容。

她温婉亲和，我一直很感激她把我当作真正的妹妹、亲人对待。

老太监询问要如何处置柳惜容，我手里还绣着为她过冬准备的暖袖，一走神针扎破了手指，刺痛蔓延开。我习以为常，把血抹在那耗费了无数日夜绣出的图案上，亲手毁了那栩栩如生的繁花。

我没回答，我要亲口去问她。

柳惜容没有半分挣扎就承认了，她也索性不再假装亲近，当场翻脸，讽笑着把曾经央我替她绣的帕子撕烂："是啊，我一直都在骗你，谁稀罕你那些破烂东西啊。"

柳惜容很小的时候，她的生母就被赶出了府。嫡母对她不好不坏，基本不去关注她。而父亲，只有当她课业优秀得了先生的表扬，或是宴席上表演才艺赢得了众人的掌声时，才会难得地关心她。

于是她从小就努力学习琴棋书画，样样拔尖，可后来她发现，原来她那个体弱多病养在庄子里的嫡妹，什么也不学，什么也不会，依然备受父亲的宠爱。

她那个嫡妹偶尔会被接回柳相府长住，嫡妹很厌恶她，总是欺负她，而父亲即使知道，也只会叫她多多包容妹妹。

柳惜容也很厌恶柳熙妍，但她不表现出来。她在大宅院里生存、长大，连生母都不在身边，全靠自己，早早就学会了伪装，在外人眼里她永远是温婉贤淑、毫无攻击性的样子。

她早就想对付柳熙妍，此次入宫给了她机会，脱离了父亲和嫡母的视线，她有很多办法可以给柳熙妍使绊子。

我在她的眼中，不过是其中一个绊子里，相当称手的工具而已。在她的计划里，对我稍微好一点儿，就能造成和我感情深厚的假象，然后害死我嫁祸给柳熙妍，和我“感情深厚”的她，就可以顺理成章地用为我讨公道的名头，要求有司严惩柳熙妍，还能让父亲看透柳熙妍的恶毒从而厌弃她。

只是她没料到，我可以安然无恙地从勤政殿出来。

从某种角度看，柳惜容才是和柳青石最像的那一个，伪善又工于心计。

而柳熙妍，更像是年少时的我娘，从小娇宠着长大，骄纵、愚蠢、恶毒，又任性。

宫里的女官要把柳惜容关起来，她挣开她们，狠狠踩着那些撕碎的帕子，盯着我放声大笑，眼泪都笑了出来。

“柳添啊柳添，你只不过是一颗棋子而已，没人在意你和你的那些破烂，你自始至终都不过是个没人要的可怜虫！”

她被带走后，我默默走过去，将被踩脏的破烂的帕子捡了起来，埋在了院子里一棵不知名的树下，然后被催着坐上了回家省亲的马车。

每年宫里都会安排妃嫔宫人们过年前回家看望亲人。我和柳熙妍同坐一车回去，她并不待见我，全程臭着脸往窗外张望。到了目的地，她脸色却不由自主地欣喜起来，飞奔下车扑向柳夫人，犹如雏鸟依赖在大鸟身边，亲昵地撒着娇。

而柳夫人和柳青石，也满眼慈爱地笑话她长不大。

我在一旁的冷风里伫立了很久，才等到他们絮叨完。柳青石终于想起了我的存在，扭头看向我，眉头一皱道："柳添，还不过来见过你母亲？"他指的是柳夫人，名义上我必须喊她作母亲。

我走上前向柳夫人请安，她态度不咸不淡，将手上的纯金百福镯褪下来送给了我，这是大家族长辈见小辈常用的礼节。

柳熙妍去了柳夫人院子里，柳青石则把我带到了书房，询问我那天去勤政殿的细节。

他并不关心柳惜容和柳熙妍在其中的角色，他只关心为什么暴君不杀我。

我语焉不详地应付几句，他在书房踱步半晌后，袖子一甩走到我面前端详起我的面容，然后得出了结论："吾儿啊，你生得如此貌美，说不定那位还真是看上了你。"

他拿出了几包毒药，要求我去邀宠接近暴君，然后在他的吃食里下毒："此毒无色无味，入口即毙命。"

他又说："天下苦暴君久矣，朝野内外都盛赞为父贤德，这皇帝的位置要是由为父来坐，对你我、对百姓都是好事。你要是能把他杀死，为父自有办法登极。待为父成就大业，你就是最尊贵的公主，你娘就是人人跪拜的娘娘，荣华富贵一辈子。"

见我愣怔，他抬手想摸摸我的头，就像最寻常的父女那样，可发生在我们两人这儿，却是他抬手抬得僵硬，我也不自觉退后躲闪。

他讪讪地放下手，说道："你娘好久没见你了，去看看她吧。”

以富贵荣华利诱，以亲娘的性命威逼。

他大大方方地在我面前展露野心，因为抓着我的软肋，所以并不害怕我走漏风声。

我接过那几包毒药，乖顺地退出去，跟着下人前往我娘的院子。我走到半路花木葳蕤的地方，悄然钻了进去，按着记下来的路线折返回了柳青石的书房外。

我在书房背面的轩窗旁立着，看到我的贴身宫女在向柳青石汇报我在宫里的状况，柳青石感慨道："一开始还以为她是个没用的弃子，差点弄死她，还好没成功。两次了，她都在那位手里活了下来，在他那里，她必定有所不同。"

我瞳孔不自觉地放大，好像明白了什么。

原来，那天把我推出人群的正是柳青石安排的这个宫女，他想要我一进宫就因冲撞皇帝被处死，这样他拿我替换柳熙妍的事情就不会被人发现。

我的亲生父亲，在洛城见到我第一面的时候，就没打算过让我活。

而现在，他依然在谋划着让我去送死，来成全他的野心。

说不上来心里是什么感觉，我恍恍惚惚离开，折了两枝新开的蜡梅，然后在附近和找我的领路婢女相遇。

我假装惊喜道："我在路上闻见蜡梅香，想去摘几枝送给娘亲，没想到迷路了，还好你找到了我。"

大宅院里的九曲回廊，本就路线复杂，加上她可能是得了柳青石的授意，不想让我记住书房的位置，走的时候特意带着我绕了几圈，迷路是很正常的事情。她没有料到，我可以记下所有路线，还能抄近道。

婢女显然是信了，疑虑消散，继续领我去了娘亲所在的院子。

许久未见，娘亲好像不怎么疯了。

她还特意做了莲子百合羹给我接风洗尘，学着寻常母亲的模样，询问我的近况。问答完了近况，两人相对无言时，她又笨拙地学着以前的样子给我讲故事。

过了好久，她许是终于意识到了我们两人之间的生疏尴尬，也安静下来。

半晌，她忽地正色发声，终于说出了自己最关心的事情："柳添，你在宫里，可得宠？"

我拿着汤匙的手顿住，然后我漠然说道："宫里没人得宠。"

娘亲坐到了我旁边，让我不得不目视她，又问："那柳青石，你已经见过了吧？"

我不知道她到底想说什么，迟疑着答："见过了。"

我娘莫名激动起来，眼底是清醒的疯劲和恨意："你记住，他不是你爹，他是你和娘的仇人。"

她又道："柳添，你是我生的，我了解你。你是个聪明的孩子，又继承了我和柳青石的容貌。美丽和智慧都是看不见刀刃的武器，你现在有机会运用这些武器了，去接近皇帝，去争宠，想办法把柳青石扳倒，诛他九族。"

说着说着，她又换了主意，摇着头自言自语："不行，不行，这样太慢了，太慢了。"

突然她想到了什么，眼里迸发出光芒。她抓着我一只手臂，丝毫不掩饰恨意地说："对了，不如你就直接找机会，一剑捅死他。柳添，只要他死了，你娘我就解脱了。"

她盘算着我该怎么杀死柳青石替她报仇，一次也没想过我该如何全身而退，就像柳青石让我去给暴君下毒那样。

一次也没想过。

我的心脏忽然就好难受，那种说不上来的窒息感逐渐清晰。

许是我沉默得太久，我娘终于看了我一眼。我木然垂着头，手里的汤匙无意识地搅着羹汤，撞击着碗壁叮当响，却一口也没动。

她没了耐性，也早已没了方才故作慈母的模样，冷眼望着我，逼我回答："柳添，你到底去不去替娘亲报仇？"

我张了张嘴，却发现自己没发出声音。又沉默了片刻后，我没说好，也没说不好，轻轻地把那碗莲子百合羹推回她面前，声音很低地说："母亲，您记得吗？我吃莲子会死的。"

我对莲子过敏，严重时曾丢掉半条命。

小时候娘亲不给饭吃，我饿得不行了，就冬天涉水去摘荷塘里别人不要的剩下的莲蓬，在刺骨的冷水里忙活了半天，才凑到一小把干瘪的莲子。我珍惜地一颗颗吃下肚，当天晚上肚子疼到满地打滚，身上还起了密密麻麻的红疹子。

我娘怕我染了什么能传染人的疫病，于是把我赶出了屋子。我缩在稻草堆里奄奄一息时，幸好婶娘来送东西看到了，她连夜背我下山找到了村里的赤脚医生，才诊出来我是吃了过敏的东西，但凡再多吃几颗就没命了。

从此以后我再也没有吃过莲子，但每到夏天，我总会去给荷塘的主人做些零工，换些品相不好的莲蓬，取出莲子带回家攒起来煲汤。

因为娘亲爱吃甜甜的莲子羹。

她说她了解我。

我感觉这句话可笑又心酸。

她如果真的了解我，就不会煮她自己最喜欢的莲子羹来假装欢迎我。

不顾她僵硬的面色，我起身往外走，打开房门，大口大口呼吸着新鲜的空气，心头那股子闷痛却怎么也缓解不了。

晚上有家宴，柳夫人差人过来喊我一起用膳。名义上我是柳青石的养女，记在柳夫人的名下，也是她的女儿。

柳惜容不在，柳熙妍和她爹娘坐在一块儿。家宴不拘礼节，柳青石和柳夫人都不停地给她夹爱吃的菜。慢慢地我发现，其实满桌都是她爱吃的。

我独自一人坐在角落，又是那种莫名熟悉的格格不入的感觉。

柳熙妍吃到一半突然不开心了，柳青石便问她怎么了，柳熙妍盯着我意有所指地说："我们一家人欢欢喜喜团聚，我不喜欢旁边有碍眼的外人破坏气氛。"

于是吃到一半儿，柳青石让我先出去，说让厨房给我另外做晚膳。

我没有依言去厨房，而是出府去了街上，漫无目的地游走。

将将入夜，街上集市还很热闹，灯笼高挂檐角，人头攒动，叫卖吆喝声不绝于耳，烟火气充盈在四面八方。

我看到，被抱着的奶娃娃磨着爹娘让他们给买糖人，娃娃的爹娘无奈又宠溺地给孩子挑了个最大的；卖馄饨的大娘正在揍孙子，因为他跑去掏鸟窝摔了一身的泥，揍完又把他带回来的小鸟放到火炉旁以防冻死；待嫁的姑娘正跟着娘亲姐妹挑选首饰，添置嫁妆；一个老奶奶搀着比她更老的亲娘，与街坊邻里围坐闲谈……

我像一个孤零零的游魂，穿行在他们的热闹里。

夜色渐深，街边的商家陆续收摊，灯火沉寂，行人寥寥。我走着走着，被人拦了下来。

我一抬头，才发现不自觉走到了皇宫外墙的一个小门边，相府离皇宫其实很近。

守卫拦住了我，我怔了片刻，问他们："出宫省亲的妃子可以提前回宫吗？"

一句话把他们问住了，从来都是宫妃们回程离家时依依不舍，嫌相聚的时间太短，没见过想要提前回来的。

有人离开去请示，得了准信回来，说可以进门。

我回头看向远远跟着的那个贴身宫女，对她喊道："你去和父亲禀报吧，我先回宫了。"

然后我留下还没反应过来的她，踏进宫门，慢慢走远了。

天上飘起细雪，入冬了。

回到自己的宫殿，我依旧睡得很不安生，手脚冰凉，浑身都冷。今年入冬早，取暖的炭火还没来得及发放到各宫，整个房子里没有一丝暖意。

我半夜爬起来，熟门熟路地把兔子薅来抱着，蜷缩在冰冷的被子里，与兔子依偎着取暖。

我娘从来都不了解我。以前住在山里，我在最冷的冬天都能穿着单薄的衣裳下河摸鱼，去雪地里挖狐狸藏的山鸡，独自爬险峻的山在大雪天里砍柴，学着大人的模样置办年货。到了过年的时候，我又舍不得大口吃肉，最后总是把辛苦存下来的肉省给娘亲吃，把一点点搬回来的柴火都给娘亲取暖。

她早习惯了，所以她总觉得我生性不畏寒，也从没像别人家的母亲那样给我裁过冬衣。

她不知道，我其实很怕冷，比一般人都怕。

所以我连睡觉都要抱着兔子取暖，才能安安心心一觉到天亮，心头那股子甩不脱的闷痛也能暂时被遗忘。

柳惜容说得没错，对于他们来说，我只不过是一颗棋子而已，没人在意我，我自始至终都不过是个没人要的可怜虫。

我以为对我很好的姐妹，从头到尾算计我；我的亲生父亲，一次又一次地推我去送死以达成自己的目的；连我那相依为命的母亲，眼里也只有她的仇恨，同样催我去用命换仇人的命。

他们全都利用我，又轻贱我。

可是，我没有人要，我的兔子却是有人要的小兔子。

我每天去向厨娘讨要择剩下的菜叶子，去冷宫荒地草多的地方割草，努力去给它找吃的，给它搭干净温暖的小窝，还在它残缺的耳朵上扎了一个漂亮的蝴蝶结。

我发现我变了，我宁愿一天什么事儿也不干看小兔子吃草，也不愿意再和我的娘亲待在一起。

打那以后，她们再回家省亲的时候，我依旧待在宫里给小兔子找新鲜的草。直到某天我回来，看到它满身是血地躺在地上，已经僵了。

漂亮的小蝴蝶结也浸在了血污里。

回家的妃子有些已经回宫，不知道是谁养的狗把我的兔子咬死了，叼到了很远的地方。

那天晚上下了很大的雪。我捡起破烂又僵硬的兔子，一步一步踉跄着踩过雪地。我陷进松软的雪里摔了一跤，手里的死兔子顺着小坡滚到了蜡梅树下。

花开得很盛，香气沁人心脾。

可我仍然好难受。

我眼眶发热，鼻尖发酸，死死抿着唇不肯让眼泪掉出来。压抑了许久的沉闷得令人窒息的钝痛感，乱纷纷地缠绕在我心头。

“这样委屈，谁欺负你了？”

男人沉缓的声音穿过风雪传来。

我抬头，看到暴君锦衣貂裘，立在蜡梅树下望着我。他身后的太监提着一盏宫灯，他自己打着伞，纷纷扬扬的大雪掠过他眼前，飘进了暖橘色的微光里。

我呆呆地抹了一把脸，只抹到满手的霜雪。

并没有眼泪。

我明明没有哭啊，他为什么说我委屈？

我看起来，很委屈吗？

我复又呆呆地望向他。或许此时此刻我应当站起来向皇帝行礼，或是谨慎措辞以回答他的问话，可我僵在雪地里，最终却什么也没说，什么也没做，仿佛在漫天的大雪里失去了生机。

好在暴君看起来也并不介意，他用修长如玉却密布伤痕的手，提起脚边僵硬的兔子，叫太监去取铁锹过来。太监回来后，对着他耳语几句，暴君便了然发生了什么。

“只是一只兔子而已，死了埋起来便是了。”

他把我从雪地里拉起来，在蜡梅树下选了块好地方，用冷白的指尖轻点着地面说：“就埋这里吧。”

只是一只兔子而已吗？

我越来越想哭，心脏揪着疼。

真的只是一只兔子而已吗？

不是的，那不仅仅是一只兔子，那是我的寄托。

从前我是不需要寄托的。我与母亲在大山里相依为命，从小到大一直每日接触的也就只有母亲一人，我的生活简单至极。

从前我很容易满足，虽然母亲经常打我骂我，平时都冷眼看我，可她偶尔心情好了，也会给我扎一次辫子，给我讲一次其实很无聊的故事，我都开心得不行，感到无比幸福。

可现在，她做同样的事情，我却感觉不到开心了。

就像生活在永夜里的人，突然有一天去到了正常的世界，见到了人们习以为常的光明，才意识到黑夜有多黑暗。

直到我被突然带出深山，丢进了热闹繁华的京城，遇到了很多人和事，见到了不曾见过的世面，像阴沟里的老鼠一样窥探着别人家孩子的幸福。

直到我养了兔子，给它搭干净温暖的窝，给它残缺的耳朵上扎蝴蝶结……

我才发现，从前那个扎了辫子就舍不得拆的小孩，有多可怜。

我意识到自己不被爱的同时也不敢去爱。

从前那个对娘亲满腔孺慕，可以为了寻找她跋山涉水、用命去拼，可以为了她入宫去给别人当替死鬼的小孩，现在却连和她待在一起，都不敢了。

赤诚的爱献给厌恶自己的人，意味着一次又一次被伤害。

灰不溜丢的丑兔子，它不仅仅让我在寒冬冷夜里获得了微薄的温暖，某种意义上，它是一种寄托，让我可以肆无忌惮地去施放爱。

柳惜容算计我，柳熙妍驱赶我，柳青石利用我，连母亲也伤害我。

死掉的不只是一只兔子，死掉的是我生命中所有虚幻的、冰冷的温情。

20

暴君亲自用铁锹挖了个坑，示意我把它放进去。他凝视着我，一字一顿，缓慢地再一次对我说：“阿陶，它只是一只兔子而已。”

他说他大可以补给我另一只兔子来安慰我，全天下最漂亮的兔子都可以快马加鞭送到我面前，但那应该并不是我想要的。

他说得没错，我并不想要别的那些健康的、漂亮的兔子，它们都不是我的小兔子。

暴君把土盖上，将铁锹交给旁人，抬手弹去近前一枝蜡梅上的雪，把花枝折了下来。

那天晚上，他带着我在埋兔子的地方，照着它的模样堆了只雪兔子，把折下的蜡梅点缀在了雪兔子残缺的耳朵上。他用剩下的枝干在地上划动，写下了两个字。

“顾琉，我的姓名。”他说。

我似懂非懂地看着，忽然感到莫名的遗憾。

我没进过学堂，所以并不认识那两个字，只能努力将它们当作复杂的图案记下来。

奈何睡一觉，那图案在记忆里就模糊了。

可我到下一世，可能都忘不了顾琉立在蜡梅树下，立在漫天的风雪里，用他那惯常的、轻飘飘的、带着点倦怠的语气，对我说过的话。

我在后来，才慢慢得解其中意味。

那只是一只兔子而已，这一只兔子和世间那另外的千千万万只兔子，并没有什么不同。

是我对它倾注的爱，让它在那千千万万只兔子里，成了特别的存在。

兔子死了，我寄托在它身上的，那些本该在亲人身上获得的爱与付出的爱，便也无处着落。

那天的我是那样的无措又委屈，难过又狼狈。

顾琉告诉我，或许，我应当把自己当成自己的小兔子养。

对自己肆无忌惮地施放爱，永远坚定地喜爱自己，故此不必去渴望别人施舍的一点点好。

永远不会没有人要，因为永远不会自己放弃自己。

永远以自己为立足于世间的锚点。

充盈，坚忍，无畏，坦然……

往昔，他是所有人的噩梦，却是我一个人的月亮。
今日，我是天下人的圆满，唯是他一个人的遗憾。

陆 教我成长

21

从上一世从那场纷纷扬扬的大雪起，时间就仿佛被加速，世事更迭无常又飞快流逝。

顾琉一反常态插手后宫的事，把凤印从宫里位分最高的柳贵妃那儿取走，送到了我手里。柳熙妍本人无所谓，其他人却炸开了锅。

不怪她们背后议论，只因我的封位没有升，身处不高不低不起眼的级别的我却拿着凤印，奇奇怪怪，不伦不类。

不过象征权力的物件拿在手里，确实没人再敢明目张胆地欺负我。

路过庭院时，对面的卫轻雨喊住了我，她双手抱胸倚在门边说：“听说柳熙妍把凤印给了你，我还没见过那玩意儿呢，可以给我看看吗？”

我看看她，招呼她进屋，温了一壶暖茶。

她端详着凤印啧啧称奇：“真漂亮的一块玉。”

“听说柳熙妍曾经很喜欢顾锦，从小就被按皇后的标准培养。谁能想到呢，有一天她会把这多少女人求之不得的印玺给别人。”她似是想起旧事，忍不住感慨。

我不知道顾锦是谁，猜想应该是早就死在顾琉剑下的前安王。

卫轻雨把煮了许久的茶一口气牛饮干净，临走时她望着我，意有所指地点我：“柳添，如果有得选，我建议你不要和陛下接触太多。”

我拽住了她，拎起茶壶，手一松，假装不小心把壶摔碎，将屋里的人都支使出去找新茶具。只剩我们两人时，我放开她的袖口，看着她眼睛说：“你可以把话说清楚一点儿。”

卫轻雨感叹道：“柳添，我是为了你好。”

她说我在这皇宫里，其实是没有生存能力的。

不患寡而患不均，人性如此，到哪儿都一样。之前我在这里过得还算安生，是因为我并不起眼，没有和人有利益冲突；如今我木秀于林，很可能成为众矢之的，明枪暗箭，难躲也难防。

她说：“柳添，你悟性很高。可那又怎样，你根本没有成长起来的机会。你没有家族做依靠，没有人手，没有消息，甚至连读书识字都不会；而她们，都是大家族精心培养出来的，从小就在明争暗斗的环境里长大。陛下他不是个好人，他不会护你，就算图个新鲜护你一时，可帝王的新鲜劲儿都是不长久的，他不会护你一世。”

她又补充道：“况且，陛下行事太过恣肆妄为，不一定会有什么好下场，我不想看到你被牵连。”

妄议君上，卫轻雨这些话传出去，可是要杀头的，她也不怕我出卖她。

我没有回应她，我不知道该怎么回应。

她说得没错，我本来活着就已经足够艰难，如果成为宫里一些人的眼中钉，只怕会令我更艰难。

赏梅宴上便是如此。

宫妃命妇们凑在一起，在天寒地冻的雪地里，顶着刺骨的冷风，看花看雪，称之为风雅。

她们吟诗作赋，弹琴作画，谈论着我插不进去一句话的闺阁趣事。笑完众人又莫名伤感起来，说梅花能越过红墙落在外面，而她们，一辈子都被这道宫墙关住了。

“区区数尺宫墙，困住了多少女子的一生。”有人慨叹，众人情绪随之低落。

只有我真的在专心致志地盯着树梢，打算挑选最好看的几枝折回去摆在床头。

可能是我不够伤感，格格不入，又或许我的一举一动早就被人盯在眼里，有人问我：“您为什么一直没说话，可是想到了什么好词句，在构想什么诗赋？”

于是众人的注意力被引到了我身上，纷纷起哄，说刚才大家都题了诗，就剩下我没有了，要我也作一首诗，好让人制成一本诗集存放起来。

她们顺带把我高高架起来：“柳相府出来的女儿，必定才华横溢，您可得好好念一首，把方家那个京城第一才女比下去。”有人开玩笑似的说，被提及的方家嫡女也跟着笑。

这显然是在故意为难我，如果卫轻雨在，她会帮我解围，可她偏偏不在。我有些无措，根本不会什么吟诗作对的风雅之事。

她们的眼神微妙起来，神色各异，有说话直的更是笑话起来："柳家的养女而已，不知道从哪个破落地方捡来的，斗大的字不识一个，麻雀拎上枝头也变不了凤凰，怎么着你们还指望她能和第一才女比啊？"

毫不掩饰地嘲弄看轻。

就好像天生的胎记被人当众点评嘲笑，我不免感到难堪。

直到姗姗来迟的柳熙妍打破了僵局，我才得以离开。她也是柳家的女儿，虽然不至于斗大的字不识一个，但学问也确实算不得好，平日里一直被那个什么京城第一才女用来做对比，每次都被比下去。她来时听到了这话，莫名其妙就被戳到了肺管子。

她把一群人写的诗、作的画，一股脑儿全扔进了炉火里，于是几人争吵起来，历来隆重的赏梅宴第一次匆匆忙忙以闹剧收场。

顾琉知道以后把我召了过去，他似乎觉得有些好笑，薄唇微勾，显然心情愉悦，还没等我跪下行完礼，就把我扶了起来。他问我，为什么不像柳熙妍那样，把她们的诗画都扔进火里？

我微微讶异地看他，从没想过自己也可以像柳熙妍那样随心所欲。

她有底气，我没有。

顾琉披了外衣，看起来是要出门，他站着任宫人整理衣着，微歪着头看向我说："你不是有一个很大的印玺吗？"

"挺沉的，正好可以当板砖用。谁要是惹你，你就拿去砸那人脑袋，不论是谁，都只能敢怒不敢言。"他补充道。

他从太监手里接过来一个汤婆子，塞到我手里。不看脸只看那慢条斯理的言行，他矜贵又优雅；出口的话，却暴露了他是个草菅人命的暴君。

他轻飘飘说出一句："直接弄死也可以，孤给你兜着。"

我不敢贸然回话，垂着头假装发呆。

朔雪初晴，寒天凛日。一阵冷风过后，他身后殿外的松柏、寒梅都簌簌落雪。

但汤婆子很暖，暖到了我心窝里。

22

顾琉说：“随孤去外面走走。”

我亦步亦趋地跟在他身后，穿过守卫森严的门楼，看着他闲庭信步似的踏雪前行，最终停在了皇宫最外围的城墙上。远处可见京城千家万户覆盖着皑皑白雪的屋顶，鳞次栉比，星罗棋布。

他问我，今天那群妃子对着矮墙感慨自己被困住的一生，而我始终一言不发，我的心里，在想什么？

我发现他其实对宫里发生的事都了如指掌，如果有他不知道的事，那大概率也是他不想理会，懒得知道。

我盯着鞋面上精细的绣花，老实地回答：“在想洛城的冬天。”

洛城的冬天很难熬，吃不饱，也穿不暖。但我和母亲好歹还有个住所，我见过太多颠沛流离、连一碗米汤都要争得头破血流的人。

“她们眼里宫墙是困厄，是牢笼。可我觉得，在宫里面能吃饱穿暖，世上奢华享乐的东西都聚在这里，不用忍受饥寒困苦，已经足够幸运。吃不饱的人是不会想那么多的，世上还有很多人，一辈子都在努力往皇城脚下挤着扎根。”

顾琉用深邃的眸子望着我，似乎一点儿也不意外我会想到洛城，他垂眸弹去袖口沾的冰雪，拿了一副弓箭，轻声叹：“洛城的冬天确实冷。”

他教我拉弓射箭，示意我看天上的飞鸟：“看到那只鸟了吗？它飞得高远、不受束缚，但你手里有弓箭，依然可以把它射下来。”

顾琉将我圈进怀里，把着我的手，对准天上那只高速掠过的飞鸟，天地邈远，一点如豆。

拉弓，搭箭，一击必中。

飞鸟落在城墙下。

“看到脚下这城墙了吗？皇宫里最高的墙，重重守卫，可你手里有令牌，依然能轻易踏出去。”

顾琉注视着我。

我好像明白了，他想要让我知晓的道理。

他带着我亲自下了城楼，在宫门外把那只死掉的鸽子捡起来，上面绑着一封信。我以为他只是言语间随意挑了一只猎物，没想到他还顺手拦截了别人的密信。

我看不懂，顾琉就一个字一个字念给我听，大概意思是有人准备刺杀他，谋划许久，几个假宫女太监潜入他的寝宫，却发现平常都在那儿的皇帝不见了，于是立即传信给宫外的同伙商量对策。

顾琉被暗杀惯了，习以为常，他随手安排底下的人找来别的信鸽，把他们的信传过去，挖出了主谋，然后将宫内外的参与者都一起拿下。那几天宫里又接连死了好多人，人人自危。

那天以后顾琉让我每日去勤政殿给他研墨，踩过冰封的血迹，我却不再感到害怕。

其实研墨不费什么时间，剩下的大部分时候，我都在认字。顾琉闲暇之余就亲手教我，一个字一个字认，让我照着他挑选的书帖临摹，还让德高望重的老臣带我背书。

我后知后觉地意识到，原来他是在教我读书写字。

别人嘲讽我不识字，他当然可以把那群人都打入冷宫，可那又有什么用呢？或许所有人都不敢再提及此事，可是在她们的内心，依然对我轻看鄙夷。

是这样的，并没有错。

所以我学得很认真，比别人少了十数年的积累，必须比任何人更刻苦。

我学会的第一个字，是“顾”；第二个字，是“琉”。

“顾琉。”

不是当作图案强行记住的顾琉，而是一笔一画，我亲手写下的名字。

老臣初时很抗拒，甚至厌恶看到我，他觉得皇帝是在拿他讨后宫女人的欢心，简直是故意辱没斯文。后来他看到我勤勉用心，慢慢对我改观，再后来他开始夸我聪颖，后悔没有早点遇到将我收作学生。

他说可惜了，现在我只能一辈子在后宫关着争风吃醋了。

我只能无奈地回应，说并没有争风吃醋。

如果他早点儿遇到我，我还是个小乞丐，或者是那个大山里冬天都还穿着单薄旧衣的小姑娘，他根本不会注意到我。

是顾琉从污泥里看到了我，所以我才能被老臣看到，被很多人看到。

皇宫不是牢笼，不是用来关住任何人的。

区区一堵矮墙又能困得住谁？不过是搭个梯子就能翻过去的高度。

困住她们的，是她们所倚仗的家族，是利益纠葛，是荣华富贵，是眼界，是思想，是心。

困住她们的，是她们自己。

因为倚仗家族获得地位，所以也要代表家族在宫里谋取利益；因为享受着皇宫里的荣华富贵、衣食无忧，所以也要遵守宫里的规矩，出入请示；因为获得了一些东西，所以不可避免地也会失去一些东西。

她们就算不进宫，嫁入寻常官宦人家，也同样会身负这些桎梏。宫墙不复存在，但利益的高墙永筑。

她们都是棋局里的棋子，有什么资格谈论自由？走得再远，飞得再高，执子的人手一转，拉弓的人箭一放，仍旧被拿捏，仍然会跌落，命运沉浮皆在他人一念之间。

同样生活在深宫里，帝王、皇嗣、太后之流，可不会觉得被囚困。

他们是执子之人、挽弓之人、手握令牌之人。

我首先是个人，然后才是个女子，或是宫妃，或是柳家的养女……

一个人，拥有一颗广阔的、自由的心，在他的内里，就不会被世上任何一堵墙囚困。

一个人，腰间有令牌，手里有弓箭，落子定棋局；有身份，有权势，还有运营好一切的头脑，何愁掌控不了自己的命运？

顾琉在告诉我——要努力去掌控自己的命运。

23

在我射箭练得娴熟后，顾琉带我去了一个地方，京城外大军驻扎的大营。

北边的外敌挑衅，敌我交战良久，如今边疆终于平定，大军带着战利品归来。按理，皇帝也该带着亲眷臣僚过去，论功行赏，犒劳三军。

往常这种需要带上后宫女眷的祖制，顾琉都是不搭理的，这次却一反常态，老老实实带上了一大群人。

人一多，便鱼龙混杂、暗流涌动。

顾琉把我召到了最前头，他自己的车驾里。一路上，他带我去看风景，上庙里蹭和尚们做得堪称一绝的素菜，拿着弓弩策马打猎，猎到野鹿山鸡就地生火烤肉，然后隔着烟火看后边一长串马车，随口给我解说那群人之间的暗流争斗，用来打发无聊时间。

到了地方，举办完盛大的典礼，顾琉带我去了关押奴隶的地方，里面有个简易的斗兽场，血肉横飞。

战败方的人丁都被充作奴隶，关在狭小的笼子里，等着被人挑选下场，像野兽一样斗殴。四周的将士们在一旁设了赌局，闹哄哄的。战场上朝不保夕、高危高压，这是他们难得的发泄机会。

看到皇帝陛下突然到来，他们异常激动。

顾琉站在高台上观赏了一会儿，似乎对这原始打斗的场景兴致缺缺，半掀着眼帘对跟在后边的武官说：“不过是重复的扭打厮杀，多无趣。”

他语调懒散道：“不如换些有意思的。”

有意思的？就是把场下低贱貌丑的奴隶，换成身份高贵的美人，与野兽相斗。场面必定凄美又血腥，可怜又残暴。

这听起来昏聩又荒唐，但场上众人的内心其实都是期待的。

顾琉的悠悠目光从一众带来的后宫女眷身上掠过，她们不由得惊慌失色，最终他的目光停在了其中一人身上，轻轻一抬手，示意底下的人把她送进场。

女人慌乱地求救，却依然被丢到了血肉遍地的场内，她的对面是一条饿了好几天的高大壮硕、目光凶恶的大狗。

我认出来了，这是前段时间带头当众刁难、嘲讽我的那个妃子，也是她曾经故意放狗咬死了我的兔子取乐，即使她知道那兔子是我珍爱之物。

这条狗，估计就是她亲手养大的那一条。

我不禁朝顾琉看了一眼，他懒散地坐在上首，看起来颇有些意兴阑珊，察觉到我的目光，他抬眼望过来。

片刻后，他喊人在半封闭的露台上摆满了炉火，让我待在他身边最暖和的地方，轻声问一句：“冷了？”

我迟疑地摇了摇头，却也没说话。

底下那个出身高贵的妃子，已经浑身是伤，仪态全无，狼狈至极。

顾琉让人丢了一把刀进去，女人见到刀飞快地捡起来，毫不犹豫地往自己曾经的爱犬头上捅，直到手底下的狗已经没了动静，她还红着眼毫无章法地捅着，被人拉开时神情恍惚又癫狂。

底下的人沸腾激动，高台上一群宫妃却噤若寒蝉，她们都是深闺里娇养长大的，哪里见过这阵仗，还有人直接被吓晕了。

顾琉在这一片沉寂中，突兀地鼓起了掌，眉眼带笑地问她们："怎么着？你们是觉得不够精彩？"

她们纷纷摇头，赶紧僵笑着捧场。

顾琉喜怒无常，这时却笑意散尽，脸上表情淡淡道："确实啊，这也算不得多么精彩绝伦。"

他目光飘向一众大臣，落在柳青石身上，说道："丞相大人之前那出偷梁换柱的戏码，倒是算得上。"

柳青石冷汗都冒了出来。

顾琉闲适优哉地看了一会儿丞相满脸惶恐的神情，然后语出惊人地说："不如就让他送进宫的三个女儿一同下去，看看谁能在野兽嘴下活下来？"

野兽，就是边上铁笼子里关着的那个，藩属小国刚进献来的半大棕熊。

再边上一点儿，许久未见的柳惜容被人带了过来。她这段时间在冷宫待着，想必活罪没少受，形销骨立，整个人看起来憔悴且寡淡。

柳熙妍眼睛瞪大，暴君居然把她和底下那群贱民相提并论，但她又不敢说什么，睁着眼睛直往柳青石身上看，委屈又愤愤。

柳青石擦着冷汗，试探着劝阻了几句，当然无济于事。

我倒是很平静地就接受了这个安排，顾琉这么做肯定有他的用意，我站起来想下去，冷风一吹小小地打了个喷嚏，顾琉就皱起了眉头。

他煞有介事地说我怕冷，说不定是受寒感冒了，不如就让我的贴身宫女代劳，替我到场下去罢。

我那贴身宫女吓破了胆，抖成筛糠似的被押下去。

三个人被推搡进了场内，柳熙妍屈辱地咬着唇，拔了发间最坚硬的簪子下来握着，柳惜容沉默不语地盯着地面，那个宫女则全程哭哭啼啼。

顾琉神色间有些不耐道："太吵了。"

宫人在柳青石面前奉上了弓箭，顾琉要他把那个哭得聒噪的宫女处理掉。

柳青石颤颤巍巍地将宫女射杀了。他培养多年、费了很大精力安插进宫里的棋子，就这么轻易地被他亲手毁掉了，想必他心里也是很可惜的。

这时铁笼子已经打开，野兽闻到血腥味狂躁起来，冲刺到尸首边嗅了嗅，却不太感兴趣，抬头盯上了另外两人，显然活人更能激起它的狩猎欲。

顾琉似乎觉得这场面终于有点意思了，来了兴致，随手交给柳青石一支羽箭，问道："丞相，若给你一次机会，这两个，你会救谁呢？"

“又或是把那只熊杀死，两个都救？”顾琉补充道。

别国进献的猛兽，是国礼的一部分，刚送过来就被杀死，死在他手上，难保他不会落个挑拨两国关系的罪名，影响仕途。

在仕途和亲女儿之间，他会选择哪一方呢？

柳青石僵硬地举着弓。

那头两个人已经被追着仓皇逃跑，柳熙妍那个花里胡哨的簪子根本起不了任何作用，她哭喊着向柳青石求救；柳惜容也在跑，逃命的空隙朝自己的父亲看过去，眼底其实也是含着期冀的。

没有时间再容柳青石犹豫了，他闭了闭眼，再睁眼时已经做出了选择，他的箭头指向柳惜容，一箭射穿了她的小腿。

柳惜容摔在了地上，原本跑在前面的她落在了后头。

柳青石是要她去挡住棕熊，让柳熙妍顺利跑开。

在女儿和仕途之间，他选择仕途。

在两个女儿之间，他选择柳熙妍。

作为被放弃的那一个，柳惜容满眼的期冀一瞬间化作死水一般，自嘲地笑起来。她并不意外，可又忍不住去恨，满眼的不甘化作求生的勇气。

她咬牙拔出了腿上的利箭，在野兽冲上来的时候，迎上去刺瞎了它一只眼睛，然后被一巴掌拍倒在地上，吐着血半天爬不起来，棕熊紧紧咬住她的腿。

她看起来快要死了。

我在高台之上站了良久，最终，我趁柳青石愣怔时夺过他手里的弓，搭箭，拉弓，一箭射中了那只熊的另一只眼睛。

放下弓箭时，我才发现手心都是汗，这是我射过最准的一次。

彻底瞎掉的猛兽咆哮着乱窜，柳惜容下意识朝我看了一眼，回神后奋力跑起来逃开。

顾琉纵容着我的自作主张，听到别人说我僭越，眼皮都没抬一下。

一场残暴血腥的闹剧终于落幕，柳熙妍受了惊吓，回去以后大病了一场，从此深居简出。柳惜容依然是被丢回冷宫，那天临走时我们两人迎头遇见，她喊住了我："你不怨恨我吗？为什么要救我？我从前怎么没发现原来你是个滥好人？"她的语气算不得多好，她习惯性地对人话里带刺。

我看着她穿着简陋的冬衣立在风雪里，露在衣服外的皮肤上都布满冻疮，我的目光平和又冷漠。

"你现在一头撞死在树干上，我不会救你。当时的情形下，我不希望自己变成一个可以看着野兽啃食活人而无动于衷的人。"

没什么好怨恨的。

她该受到的惩罚已经受到了，便不值得我再放在心上。

其实我对于仇恨的感觉是很钝的，好像从小到大遇到的苦难太多，习惯性地自我保护，屏蔽着不美好的东西。

欺负过我的人，我都记着，也知道要去报复回来，但这些事情并没有占据我生活的全部，而且需要时机。

我没想到，原来顾琉一个一个，都记着。

他是在替我教训那些人，也是在教我如何拿捏人心，在关键之处对付他人。

后来冬去春来，年岁暗转。

我习得了一手好字，阅遍经典，再也不会因为胸无点墨被人耻笑而惶然。

我手里拿着凤印却又位分不够高，确实惹来很多麻烦。顾琉不会帮我解决麻烦，他会为我指点方向，在我偶尔茫然无措的时候教我如何去处理。

他一点一点教会我在波谲云诡的权力中心立足。在这样复杂的局势里都能立足，那么往后我在任何情形、任何困境下，便都能游刃有余。

我成长得很迅速，慢慢明白了他的用心。

卫轻雨曾说，我在这皇宫里，其实是没有生存能力的，顾琉护不了我一世。

我从没奢想过谁会一直保护我，所以不知道该怎么回应。

那时我们都没有想到，顾琉会一点点教会我，保护自己立足于世的本领。

人人都是彼此生命里的过客，有些人牵绊得深一点儿，有些人牵绊得浅一些。

没有谁可以为谁撑腰一辈子，能够永远为自己撑腰的，只有那个永远不放弃自己的自己，那个掌控自己命运的自己，那个有思想、有能力、有信念的自己。

变成暴君的顾琉不是一个好人，他心狠手辣、杀人如麻、喜怒无常。

可是他一直都对我很好很好，无论是过去的他，还是现在的他。

他是所有人的暴君，却是我一个人的白衣少年。

他是所有人的恶鬼，却是我一个人的神明。

他告诉我要爱自己，给我信念，带我成长。一个破破烂烂的他，把另一个突然被丢进纷乱世俗里，外表坚强、内里彷徨、自卑又怯弱的我，变成了如今充盈又从容的我。

他把我的小兔子埋葬起来，堆了雪兔子安慰我。人们养宠物不仅是为了被爱，也是为了施放爱。顾琉告诉我，要把自己当自己的小兔子养。

很久以后，某个寻常的日子里，一个念头从心间一掠而过，我才恍然发觉——

某种意义上，阿陶也是顾琉的小兔子。

24

我学着卫轻雨的样子给家里人写信，信写完，却忽觉无人可寄，我好像没有那么想念娘亲了。

于是我隔着两个宫殿的距离，天天给顾琉送信，絮叨一天里遇到的琐碎事。顾琉则在批折子的空隙，用朱砂笔顺手在我的信上画一朵小花，表示知晓。

我给他和卫轻雨绣平安符，卫轻雨捏着带龙纹的那一个，酸里酸气地说这黑的绣得更用心。

夏天，我吃她做的甜到腻的点心，当晚上吐下泻，才知道里面掺了莲子。自那以后，卫轻雨再也没有用莲子做过糕点，我又想到好久没见过的母亲。

看吧，我对莲子过敏，这其实是很容易记住的事情。

中秋的时候我意外喝了点酒，醉得稀里糊涂，只记得自己飞奔去勤政殿，然后被门槛绊了一跤，好像哭了。

又是朔雪满天的时节，宫里为新年张贴对联，红彤彤的纸上，往年引经据典的词都换成了朴实无华的“添福，添岁，添财进宝”。

后来我才知道，我喝醉酒摔跤那回，抱着顾琉的腿哭，抽抽噎噎地说自己现在明白了，添之一字，意为多余。我对于所有人来说，一直是多余的那一个。

出了大山以后所有人都喊我柳添，连母亲都指着鼻子骂我，说没有我的出生，她肯定会很开心。只有顾琉一直叫我阿陶，他从未喊过我柳添，但他在告诉我……

添之一字，是添福添岁，岁岁安康。

新年的时候宫里举办了盛大的宴席，每个人都要为皇帝贺岁，大家不约而同地比拼文才，贺词一个比一个辞藻华丽。

轮到我时，我在祈福灯上一字一字写下一句：“愿君，长命百岁，岁岁平安。”

再简单不过的一句话，随着千千万万盏灯一起被放飞，浮动着升到浩瀚的夜空中，无数光点汇成灿烂的星河。

顾琉没有嫌弃我的贺词的简单。一夜过后，万千祈福灯掉落，散布四方。在我不知道的时候，也不知道他怎么做到的，找到了我的那一盏，存了起来。

那时候还是冬天。

寒冬过后，会有春和日暖、姹紫嫣红。

如果上一世的时光就停滞在那时候，即使不算太圆满，但一切该有多好。

往昔，他是所有人的噩梦，却是我一个人的月亮。
今日，我是天下人的圆满，唯是他一个人的遗憾。

柒 逆天改命

25

我从漫长的梦魇里惊醒。

旧梦中断在顾琉一剑刺穿我母亲心口那一幕，紧接着画面一转又变成了我被卫轻雨刺破胸膛……上一世的记忆铺天盖地扭曲着一股脑儿涌来，我刹那间苏醒。

眼前是熟悉的茅草屋，月光从屋顶漏下来几缕，伴着幽谧的夏夜虫鸣声声。我在床榻上呆坐了良久，感到心口隐隐作痛，似乎还没从梦里缓过来。

又过了许久，我披衣走出屋外，星河半落，天将将白。

我悄无声息地走到顾琉身边，看着熟睡中的少年，我伸出手去探他的鼻息，感受着指尖微弱的热气，一次又一次，机械地重复了好多遍，才放下手。

我又走到母亲门前，隔着窄小的窗子看着里面的人，定定地站了会儿，转身离开。

一扭头，顾琉站在我身后，俊眉微拧着问道："你怎么了？"

我就知道，他刚刚应该是醒着的。顾琉这样从小警惕的人，入睡时身边来人怎么可能察觉不到？

我应付着答：“没怎么，只是睡不着觉。”

顾琉那一双清亮深邃的眸子，仿佛能看穿一切，他低声说：“可你明明，看起来很难过。”

看起来很难过吗？

我下意识抹了一把脸，没抹到水迹，没哭，甚至根本就是面无表情。我不明白顾琉是怎么做到的，总是能一眼看到我的低落。

见我沉默，他只点到为止，并不穷根究底，转而拉着我去屋后的山上，说反正醒都醒了，不如等着看东边的日出。

天边的鱼肚白被渲染成橘红的曙光，太阳从群山与白云间现身的那一刻，万物生光华，凡人心境也跟着开阔起来。

他在想方设法让我不难过。

我的确不难过了。

我想起了一群人，我想杀他们。

于是我开始潜心谋划。

我绕了很远的路，从崇山峻岭的地方离开洛城，在一个动荡不安的小镇，买下一头老驴。

我骑着驴往洛城赶，路上把自己装扮成一个穷困潦倒的老太太模样。我易容的手法极其精妙，平常用来遮掩容貌，现在用来伪造身份。

洛城宽进严出，很多流民落脚于此。我一把药毒哑了自己的嗓子，顶着沙哑难听的声音，骑着骨瘦如柴的驴子，在洛城外流民聚集的地方落脚，声称自己是外地逃难而来的，然后用身上仅剩的银钱在邻近的村里置换了一间没人要的屋舍。

我老老实实扮作老太太在那儿住了一段时间，等周围的人都知道我是外地逃难来的可怜人后，我假装路过洛城外的大营，看到里面的劳役，偷偷找到了监管的小官。

我特意做了一大桌子丰盛的饭菜款待他，小官很享受他人的阿谀奉承。接着我又拿出一个布包，一层又一层打开，里面是一些陈旧的金银首饰。

我故作谄笑，请求用这些东西，向他买一个年纪小点儿的劳役。

我说自己曾经在故乡家境也还算殷实，所以有点积蓄，可是最近连年战乱、动荡不安，老伴、儿子、儿媳、孙子、孙女都死了，只剩我一个逃到洛城避难。我想认个孙子，给夫家留个后，也给自己找个人养老。寻常人家的壮年男丁肯定不愿意跟着照顾我这个老婆子，只能另辟蹊径，买个低贱的劳役。

小官显然不是第一次收这种贿赂，手上利索地揽过钱财。他笑起来油光满面，说自己心善，就当做个善事。

他果然把十五卖给了我。因为十五在一群人里面年纪算小的，又不太服管，易惹麻烦。

我把十五带走，然后用剩下的钱买通了一个路人，让那人揭了城门上的榜，去举报那个小官。

26

上次我把太守的儿子弄死后，还顺手拿走了他戴着的金貔貅，但又没有把他身上值钱的东西都搜刮走，导致太守一直怀疑是有人谋财害命，又没有证据。于是他把那金首饰画了画像，在城门处张榜，见者举报有赏。

得到消息后，太守连夜带人去搜了那个小官的家，果然在几件陈旧的金银首饰下，翻出了那个不太起眼的金貔貅。太守立时怒目圆睁，质问小官是不是他害了自己儿子。

小官吓得都顾不上隐瞒收钱买卖劳役这种事了，说这是有个老太太拿来收买他的。

可他们赶到时，却发现老太太已经中毒咽了气，看起来是有人想要杀人灭口。没有人会怀疑老太太的身份，附近的人都知道她是逃难来的。

这下小官百口莫辩，尤其是他还有动机。他以前有个定了娃娃亲的心上人，被太守儿子看上强纳回去做妾。上一世顾琉的玉牌能够辗转流落到这群人手上，就是因为太守儿子看不上，随手赏赐给小妾，小妾又拿给了以前的情郎。如今大家都怀疑小官是因为被强抢心上人之事怀恨在心，蓄意报复。

他们怀疑是一群人合谋干的，监管劳役的小官连带他经常凑在一起喝酒的狐朋狗友，都被盛怒的太守丢去了前线当诱饵。

没人知道，那个中毒咽气的八旬老太太，也就是我，从城外的乱葬岗里爬了起来。

我亲手配的假死药，这是第一次用，以我自己做试验。

我悄悄回到那个小屋，换回自己的模样，然后一把火烧了那些衣服假发，连带屋子一同毁灭痕迹。然后我把藏起来的十五唤醒，带回了自己的茅草屋：“顾琉，你看我带谁回来了？”

被蒙住头的十五听到这个名字，浑身一颤。

喊了半天，没人回应，我挨个打开房门，顾琉并不在。

我刚开始疑惑他去哪儿了，便看到顾琉提着把沾血的斧子走了回来。他一回来就拉住我反复打量，确认没有受什么伤才罢休。他的声音有些颤抖：“你能不能，不要再一声不吭就失踪？”

我才发现身后跟了个尾巴，是那个小官的酒友之一，他逃出来以后一直蹲守在我伪装成老太太住的房子附近，认为那里最安全，肯定没人想到搜捕那儿。发现我后，这人一直跟在后面，还好被外出的顾琉发现解决掉了。

其实，我并没有一声不吭就失踪，我找了借口离开的。我告诉母亲说要随行商去外地几个月，把她绣的东西卖个更好的价钱。母亲信了，但这显然没有骗到顾琉，他一回来就发现我不见了踪影，这段时间一直在外面四处寻找我。

我心虚，避而不答，把十五往身前推："你看我带谁回来了？"

解开绑住十五的绳子，拿开蒙头的布，两人相见，都愣住了。

此时边境动乱，战事频发，洛城越发不太平。

不久以后我听说，那群人死得很惨，在前线做饵，被乱军砍死，被铁蹄践踏。

上一世顾琉也为十五报了仇，西行一趟，屠戮无数。

但是这一世，这些血腥杀戮之事，由我来做。

他最忠心的下属不会再惨死，他也不需要再满手杀孽。

27

战火波及了洛城，人人想方设法逃离，明里暗里监视顾琉的那些人自顾不暇，早就将他抛到脑后。

像上一世那样，顾琉暗地里联系了散落在各处对他忠心的旧部，打算趁乱逃出城。不同的是，这次加上了十五，还有我。

我在茅屋里留足了柴火和粮食，把攒来的钱都留给娘亲，告诉她我又要跟随行商出远门了。

过了好久，我娘依旧没理我，我只得自己默默离开。

从前的阿陶肯定会很失落，但现在的我已经不会再纠结于别人是否施舍那一丁点儿亲情了。

顾琉不知道从什么时候起，就对我很信任，他在外人面前装成个半傻的人，在我面前却从来都是本来面目，如今连底牌都毫不掩饰地展露在我跟前，包括他的那些旧部、他新近收买驯服的人、他手底下现有的势力。

虽然我对顾琉有些了解，但如今知道他有那么多底牌后，仍然感到惊讶。

他的那些仇敌，都还没意识到顾琉的不容小觑。难怪上一世他一手烂牌，依然能杀回皇城。

想想也是，顾琉当初可是三朝元老做恩师，天下名士授经纶，加上武将世家的叶家培养，文才武略皆精。他生长在充满阴谋倾轧的深宫，很小的年纪就能坐稳皇太子的位置，让朝堂百官与京城百姓都折服。其中谋略手段，可窥见一斑。

我跟随着顾琉避开官道，翻山越岭。我知道他即将遇到上一世最恨的人之一，那个伪善的神医。

我没打算阻止他们的相遇，不动声色地走在后头。

28

我们攀上一座小山包，旁边就是陡峭的断崖，底下是一条人迹罕至的荒道，山上树木丛生，挡住了我们一行人的身影。底下的大路时常有逃难的车马经过，也有尾随而来的流寇留下的残部。

路上，我们果然遇到个遭遇流寇跑到山上、被流矢钉在树干上的老头。

他奄奄一息地向我们求救。

这一世的顾琉显然善良很多，看到是个老人，又有人认出这是远近闻名的神医，他没有犹豫就想去救。

我却阻止了他，走到所谓的神医面前，甩下一句话：“收我为徒，就救你。”

顾琉不明白我的用意，但他也并未流露出疑惑，口风一转极其自然地搭腔，声音淡淡道：“想清楚了，错过我们你应该也遇不到别人可以出手相救。”

神医面色有些难看，不过还是答应了。十五拔出他身上的箭，将为数不多的药物用上，给他包扎止血，背着他一同去找过夜的地方。

老头表示自己很感激，背地里却往火堆上煮的汤里撒迷药，他自己则提前吃了解药，眼睁睁看着自己的救命恩人们喝下加了药的东西。

出乎他意料的是，大家都没事，只有他倒下了，浑身骨头都疼，疼得满地打滚。

我一边看着他痛苦地哀号打滚，一边慢条斯理地把手上的烤鱼吃完，擦干净手，才慢吞吞地走到他身边蹲下说："呀，神医老先生，您怎么不吃东西，是不饿吗？"

老头连瞪我的力气都没有，爬到我脚边磕头哀求："给我，给我解药。"

看来他知道自己是中毒了，也知道自己解不了。

他加了迷药的那锅汤，我让人背着他倒掉了，只留了一碗给他自己喝，还顺带加了别的东西，各种药性混合在一起，便成了剧毒。顾琉他们配合着我，假装不知道他的小动作。

我笑道："原来堂堂神医也有不自医的时候。"

我翻出配好的解药丢给他说："这个可以压制毒性。当然了，只能治标，不能治本，你以后每隔一段时间还是会发作，一次比一次痛苦，如不服药缓解就会活生生疼到死。"

"我可以每隔一段时间都给你配缓解的药，但你必须好好听话哦。"我颇有些戏谑地看着他，意味深长道，"我的好师父。"

他狼吞虎咽地把药丸吃下去，还没彻底缓过来，就急着将手里残留的药渣捻着看，捻完又嗅又尝，看向我时满眼震惊，都顾不得我的威胁，开口就是惊叹："小姑娘，这解药是你自己配的？"

他是有真才实学的，所以能一眼看出来我的医术不在他之下。讶异之外，他想起不久前被迫答应认我当徒弟的事，突然就脸色不难看了。

我不关心他怎么想的，我只知道，我的目的已经达成。

上一世顾琉在他手里饱受折磨，还错过了最后一次见到自己母亲的机会，我当然不会让他死得太轻易，这毒越到后面发作越频繁，生不如死。

与此同时，我可以以此控制他为我所用。

上一世的顾琉亲手教我学会了下棋，对弈之时任何一个看似不起眼的子，都可能有大作用。

29

顾琉的身份特殊，此去京城面临重重关卡，很有可能被皇宫里的人知晓他出了洛城。

现在有了这个所谓的神医，一切就很简单了。

神医美名远扬，让他安排车马、应付关卡，我们装扮成他的弟子仆从跟随，没人会联想到废太子身上。

这是他的作用之一。

休整了一夜，我们准备下山，正好撞见了洛城太守带着底下许多人仓皇逃窜，身后跟着一队追兵。

看来洛城已经被攻破，这群酒囊饭袋抛弃城中百姓逃跑，敌军都追到这里来了。

没有人发现隐藏在灌木后的我们，我看着那一群人，把昨天那支拔出的箭拿了出来。

一路上我捡到了许多散落在林间的流矢，让顾琉做了简易的弓箭，现在派上用场了。

我瞄准为首那个肥头大耳的太守，一箭射中要害，他当场毙命。

接着又一箭一箭，将其他得了孙贵妃授意，在洛城欺压顾琉的人一个一个射杀。

场面很乱，没人注意到来箭的方向，他们只会以为是身后追兵射中了他们，就算有人发现了问题，拔出羽箭辨认是哪方势力，也只会追踪到其他人头上，毕竟那些箭，都是捡来的。

顾琉看得出我是在为他报仇，他没有插手，耐心地等着我。待一支飞箭射过来时，他才拉住我手臂轻轻一带，避开了流矢。

这时底下我想解决的人都已经死完了，他把钉入树干的箭拔出来，拿过那张简陋的弯弓，拉弓搭箭，一箭将敌军头领射下马。

底下两方乱起来。

顾琉温声道："走。"

我们带着神医，以北上巡诊的名义，一路进了京城，在闹市里一处不起眼的宅邸落了脚。

神医有钱得很，我让他顺带把周围的宅子也都买了下来，防止人多眼杂，邻里心生疑窦。

接下来，就要想办法让顾琉名正言顺地留在京城了。

我告诉顾琉，他的母亲其实还活着，被囚禁在郊外一处庄子里。

顾琉浑身一僵，抬起眼时，眼眶都微红了，却没说话。

半晌，他摸摸我的头，了然地轻叹，有些无奈。他没有急着询问他母亲，而是问我："阿陶，你是不是，又想一个人去做什么危险的事？"

他看人真准。

上一次我一声不吭就走，让顾琉担心，我也很愧疚。所以这一次，我决定跟他说清楚自己要做什么。

我要让他母亲“死”掉。

顾琉没说不好。

于是我开始付诸行动。我找到了那处庄子，不显山不露水的庄子守卫却极其森严，外人轻易靠近不了。

我在那儿观察了一段时日，配了一些奇奇怪怪的药，撒在他们取水的泉眼中。不久以后，庄子里的守卫仆从们都开始精神恍惚、出现幻觉，我又穿着白衣大半夜在附近晃悠了几回，里面便开始盛传庄子里闹鬼。

药物的影响让他们坚信传闻是真的，里面伺候的婢女家丁纷纷找路子调走，一下子空出了许多职位，庄子里人手不够，如我所料开始找牙婆买人。

我把自己装扮成普通人样貌，假装成逃难而来的孤女，被牙婆捡到。我说我认识几个字，牙婆觉得我可以卖个好价钱，给我编了个身份送到庄子里，跟几个人一起任管家挑选。丫鬟识字可是个极大的优势，我不出所料被选中，还分配到了主院——已废叶皇后住着的地方。

我见到了上一世没有见到过的叶皇后。

她生得极美，每日坐在秋千上发呆。

我也见到了没见过的齐闵帝，上一世顾琉的父皇谥号闵，现在他还是齐国的皇帝。

皇帝隔三岔五来，却不受叶皇后待见，两个人见面就争吵不休、互相厌恶。

我当着不起眼的小丫鬟，蛰伏许久，找到机会单独与叶皇后相处。

我把她留给顾琉的玉牌带来了，证明自己与他熟识。

看到这东西，叶皇后情绪极其激动，很快又自己冷静下来，锐利的双眼将我盯着，等我解释自己的来意。

我顾左右而言他，没急着告诉她我想做什么，继续在庄子里待了一段时间，慢慢获取了她的信任，才把假死药拿出来。

我告诉她，可以诈死离开这里，顾琉在外面等她。

我不会拿顾琉的母亲冒险，所以这假死药，是我亲自试验过的，没有任何副作用。

计划完成得很顺利，叶皇后假装生病，病情急得没来得及等来御医她就断了气。皇帝知道消息后连夜赶来，抱着她的尸体哭了一宿，才舍得将她装进棺椁里。

在棺椁钉死之前，我把她偷了出去，消失在夜幕里，顾琉会扫除我们离开的所有痕迹。

回到那个小宅子，叶皇后紧紧抱着顾琉，看似坚强的大女人哭得眼睛通红。

顾琉安抚好她的情绪，把人送回了屋，然后看向我。

我坐在院里的小桥上，一边悠闲地晃着脚丫逗水里的游鱼，一边顺手接了假山上的流水，一点点把脸上抹的褐黄脂粉洗掉，露出干净的容颜。

我把上一世顾琉最大的遗憾弥补了，所以现在难得地很开心。

一扭头，发现顾琉望着我。

我粲然一笑。

30

叶皇后“死”后，皇帝突然就消沉了，郁郁寡欢，不理朝政，连一向宠爱的孙贵妃也劝不动他。

他还开始失眠，整夜整夜睡不着，好不容易睡着了，一闭眼，梦里也全是死掉的发妻。

宫里的御医纷纷请脉，却没有一个能治他这失眠的症状，只好张榜到民间择选良医。刚好大名鼎鼎的神医就在京城，宫里理所当然地派人请他过去。

神医带着我这个“弟子”进宫，给皇帝写了个方子，当晚皇帝总算睡了个好觉。

但这方子也不治本，只能暂时缓解，神医表示要南下去采良药，把我留在了宫里替皇帝调养身体。

我从他身后的两个小侍童间站出来，一抬头，周围都静了下来。

我知道自己生得好看。

生得好看，又穿了一身朴素的白衣，清水出芙蓉般的面容，看起来必定无害极了，轻而易举就能获取旁人的好感和信任。

谁能想到呢，眼前皇帝噩梦缠身，其实是我做的手脚。

之前他去过几趟庄子里，被我下了慢性的毒药。不致命，但很难解。

我顺理成章地留在了宫里，时不时给皇帝加重一下症状，偶尔又煎个药缓和一两天。他精神恍惚间总是想起已逝的叶皇后，加上我偶尔装作不知情地提起有关她的事，皇帝越发后知后觉地感到愧疚和后悔。

事情和上一世差不多，只是现在被我加速了进程。

在皇帝睹物思人、后悔莫及的时候，我无意间提起了顾琉。

我说："臣女生在洛城，曾从乞丐堆里救出来一个将死之人，他褴褛跛足，蓬头垢面，时常被人按着像狗一样匍匐着乞食，是城里城外人人都嫌恶的傻子。"

我又说："后来洛城动荡，臣女随师父离开，再也没有见过他，也不知道还活着没有。"

我仿佛只是随口一提，并没有说起那个人是谁。

过了一段时日，皇帝外出散心，遇到刺客埋伏，独自逃亡到了荒无人烟的地方，饿得快晕过去的时候，遇到了一个披头散发、脏兮兮的人。

那人被乱发挡住了面容，辨不清容貌，行为举止看起来有些痴傻。

虽然痴傻，但善良。看到半晕的皇帝，那人将身上仅剩的半块饼给了他。

皇帝估计这辈子都没吃过这么硬的饼，但他吃得非常快，也非常感动。吃完刚想说话，一路追杀的刺客便找了过来，一片慌乱之中，刺客的剑捅过来，那人意外替皇帝挡了一剑。

正好这时走散的御林军终于赶了过来，两方缠斗，刺客尽数伏诛。

我现在是皇帝最信任的医者，一行人回宫，我得了消息火急火燎赶过去，给两人处理完伤口，我惊讶地认出了这个脏兮兮的人。

我对皇帝说："这正是我在洛城救过的那个小可怜，他脑袋以前受过重击，影响了神志，所以看起来有些痴傻。"

我说："没想到能在这么远的地方再次遇见他，不过他好像失去了记忆。"

我顺手拧了帕子给他擦干净脸，梳理好他乱糟糟的头发，皇帝不经意往这边看了一眼，手里的药碗"啪"的一声就落在了地上。

顾琉装傻装得毫无破绽，被清脆尖锐的声音一吓，下意识缩起来想躲。

他也生得格外好看。好看的人无辜清澈的双眼，流露出惊慌警惕的神情，看起来是多么可怜。

皇帝那天是拖着病体，踉踉跄跄走过去把顾琉拽起来的。

有些东西，点到为止即可。

我是宫里最受信任又医术最好的，我说顾琉痴傻他就痴傻，我说他失忆那就是失忆，其他御医就算诊出来了不同的结果，也不敢说。说出来，那不就是承认自己技不如人，别人都能诊出来的症状，只有他诊不出来吗？

痴傻又失忆，那他出现在千里之外的京郊，也就合情合理了。

或许是战乱之时，他意识不清，迷迷糊糊随着流民的队伍流浪到了这里。

即使痴傻，仍然善良，能把唯一的食物分给即将饿晕的人。

即使失忆，仍然贤孝，下意识在刀兵刺来时挡在父亲身前。

和善良贤孝对比鲜明的，是他那颓败狼狈的样子，还有我无意间补足那一句，他受过重击以致影响了神志。

顾琉好歹也是皇子，即使贬为庶民流放，可身为皇家血脉，该有的体面还是要有的，本不应该是这副模样。

皇帝派人去调查了他这段时间的遭遇，知道了顾琉自打一出京城就饱受折磨，当然也能想到是孙贵妃授意的。

他宠爱她时便可以默许她胡作非为，不宠爱时就开始后知后觉厌烦她的恶毒，即使这恶毒也是当初他的默许放任惯出来的。

皇帝的愧疚之心到达顶峰，他不自觉地走到了顾琉身边。

他的皇儿受伤导致高烧昏迷，似乎做了噩梦，呢喃着梦话。

他说：“母后，父皇不要我们了吗？是不是儿臣做错了什么……”

皇帝脚步顿住。

接着，他一口老血吐红了地板。

31

皇帝果断地命令朝中大臣们猝不及防地把废掉的太子召回京城来，恢复了皇籍。

顾琉现在是大皇子，被封为宴王。

当然不仅仅是靠着皇帝的那点愧疚之心。

前段时间刺杀皇帝的刺客，是顾琉安排的。他母亲已经告诉了他那块玉牌代表的势力，那天的死士就是其中的一部分。

死士一点儿也不遮掩衣服和兵器上叶家的标志，明晃晃告诉别人他们和已故叶皇后有干系。

但帝王多疑，必然会多想——哪有人会蠢到暗杀时把身份暴露出来，这必定是有人故意栽赃嫁祸，想暗杀他，暗杀不成也能把锅甩到别人头上撇清关系。

唯一有嫌疑的，自然是孙贵妃和柳丞相一派。

皇帝自知最近冷落了孙贵妃，说不定是他们怕皇位生变，想干掉他尽早扶安王上位呢？

再加上他调查到孙贵妃对顾琉的所作所为，心里早生了嫌隙。

这个皇帝不是太聪明，但基本的敲打和制衡还是会的。

于是他大手一挥直接给顾琉封了王，以此来敲打孙贵妃一派，也让他们没法在朝中一家独大，双方制衡，皇帝的位置才能稳固。

上一世顾琉是自己一路杀回京城的，个中艰辛只有他自己知道，他无数次和死亡擦肩而过，身上有数不清的伤。

等他到了京城，没有时间再去谋划，只能以快取胜、以暴制暴、能杀尽杀，最后得了个“弑父杀弟”的恶名，坐上的皇位也根基不牢固，底下没有足够的势力做支撑，导致后面崩塌时如摧枯拉朽一般轻易。

现在他不用再冒那么多危险，不用再留下满身的伤疤，不用落下恶名遗臭万年，也有了充足的时间在权力的旋涡中心稳稳立足。

宫里举办了宴席迎接大皇子回归。

我站在宫女太监们来往的小角落，身处昏暗偏僻、不引人注意的地方，遥遥看着灯火辉煌间的顾琉。

皇亲臣僚们聚在他身边恭维奉承，实则带着试探。一袭紫衣的尊贵皇子，容颜如玉，修长好看的手把玩着杯盏，始终噙着一抹淡笑，叫人看不透深浅。

正如我当初希望的那个模样。

平安，顺遂，熠熠生辉。

32

四年时间一晃而过。

皇帝忧思过度，如今已是油尽灯枯之相，明眼人都看得出来他时日无多，各方势力蠢蠢欲动。

这些年来，顾琉已经在朝中站稳了脚跟，他背后有许多与叶家有渊源的武将、世家支持，和孙贵妃安王一派势均力敌，朝中大臣们开始暗中站队。

当然，这些明面上都和我没什么关系，我在太医院领了个职，现在是御医，专门照看皇帝的病情。

明面上我和顾琉并没有什么交集。

我按例给皇帝诊完脉，打算出宫，被安王顾锦拦住了去路。

他说要帮我提药箱，我拒绝；他又说要送我回府，我也拒绝。

然后他恼羞成怒道：“柳添，本王对你好是你的荣幸，你别不知好歹！”

他身后的太监宫女都被吓得神色紧绷起来。

我安静地看着他，半晌，我说："柳熙妍来了。"

柳熙妍每次看到顾锦对我献殷勤，都要大吵大闹一番，顾锦怕得很。

他的脸色果然变得不自然，但他仍然不愿意走开。柳熙妍发了好大一通脾气，但顾锦不理她，她也没辙，只得自己气呼呼地离开，临走瞪了我一眼。

她前脚刚走，后脚孙贵妃就来了，她看到寄予厚望的儿子又跟在我身边，脸色顿时难看至极，说我勾引皇嗣，扬言要管教我，抬手就想给我一巴掌。

刚才还气焰嚣张的顾锦顿时没了脾气，凑到孙贵妃面前抱住她的手，让她要扇就扇他，语气里带了哭腔："母妃，不能打她，你把小柳吓跑了，儿臣以后给谁当牛做马去啊？"

没出息，但理直气壮。

顾锦一句话把孙贵妃气得快晕过去，她怒火攻心地揪着一向疼爱的儿子的耳朵就把他带走了。

这也是给她自己个台阶下，毕竟她也不敢真的对我动手。我是御医，是朝廷命官，还是皇帝最宠信的那一个。

摆脱了顾锦，我总算能出宫去办正事。

安王不仅是纨绔习气，接触以后我才发现他还话多、爱哭、缠人、甩不脱，每次遇到都让我非常头疼。

人都走了以后，有个宫女给我递来一束野栀子，低声说了句"皇子说姑娘喜欢这花"，便擦肩而过离去。

花是顾琉在山间亲手摘的。

马上就要秋猎了，他不在京城，受命提前去猎场布置，每天都会送一些我喜欢的新鲜小玩意儿过来，同时也是在变相报平安，毕竟这么好的机会，肯定有人会在外面安排刺客刺杀他。

刚刚那个宫女好像是孙贵妃宫里的……果然，是顾琉把人引来帮我解了围。

而柳熙妍，是我弄来的。

孙贵妃还没有出现在人前时，只身一人带着孩子生活，皇帝没有机会经常去看望，就托了信任的大臣柳丞相帮忙照看母子俩。

柳青石知道两人的真实身份，有心想搞好关系，正好他的小女儿与二皇子年岁相仿，就鼓动皇帝把母子俩安排在了那个给柳熙妍静养的庄子里，美其名曰那里风水好、养人。

所以，外人很少知道，其实柳熙妍和顾锦是从小青梅竹马一起长大的。

后来皇帝接孙贵妃入宫，她出身平凡，册封高位会惹人非议，柳青石主动为皇帝分忧，说孙贵妃是他表妹，孙贵妃以丞相表亲的身份入宫，才得以一步步封到贵妃之位。

孙贵妃自然也很乐意与柳青石结盟，双方成了一条绳上的蚂蚱，丞相府是坚定的二皇子一派。

自然而然，双方都默认柳熙妍会是顾锦未来的皇后。

柳熙妍也觉得自己喜欢顾锦，但顾锦不按常理出牌，说柳熙妍只是他妹妹，非要娶我当皇子妃。

除了他自己，自然没有一个人会赞成这提议。

以前我不想让顾锦缠着我，就找柳熙妍过来，顾锦就会被她闹腾得赶紧离开，但是这招，最近越来越不好使了。

说起来，这一切还是因柳熙妍而起的。

四年前的宫宴那天，进宫赴宴的柳青石意外和我迎头撞见，他当时就愣怔住了。

因为我生得像他，也像我娘。随便一猜，就能怀疑到我的身世。

他暗地里去了一趟洛城，却扑了个空，没找到我娘，也没找到传闻中我娘生的那个女儿。我早就把我娘接走了，现在她和顾琉的母亲一起藏在一个隐秘的地方生活。

这一世我对外还是自称柳添，除了我娘，只有顾琉和少数几个人知道我从小名叫阿陶。

我的相貌、来历、姓名，处处都说明我就是他那个一直知道，却从来没见过的女儿，虽然他没有直接的证据。

所以柳青石找到了我，主动提出让我认祖归宗。

当然不是因为他良心发现，而是因为我现在在皇帝跟前说话还挺管用，有价值了。他这回抓不到我的把柄，只能利诱，许了很多好处，还说让我把娘亲接来相府，可以抬作平妻。

他说再多，我都装傻，坚决不承认自己就是他那个女儿。

我拒不承认，那柳青石也拿我没办法，负气甩袖离开。

我们都没注意到，这段谈话被柳熙妍意外听见，她知道了自己父亲原来曾经有一个女人，还有一个只比她大一点点的女儿，还说要抬别人当平妻。

柳熙妍的性子藏不住事，她气势汹汹地找到我，和上一世差不多，咬牙切齿地拿簪子在我脸上比画，扬言要划烂狐媚子女儿的脸。

她现在这举动在我眼里，不过是虚张声势。

我踢中她脚踝，趁她摔倒把她手里的簪子抢走丢开，袖里的短刃顺势抖出来，非常恶劣地把她一边眉毛给剃了，让她接下来一段时间都没脸出门，省得来妨碍我。

效果是出奇的好，柳熙妍从此安生了，不过她是安生了，她的竹马却为此打抱不平。

我端着煎好的药去给皇帝送时，迎面扑过来一只大老虎，我险险躲开，手里的药碗摔在身上，青衣染成褐色，手上也被烫红一片。

老虎步步逼近，压迫感极强。也不知道宫里哪儿来的野兽，我从小在山里长大，知道这时候不能逃跑，只能想办法拼得一线生机。

我握紧了袖中的锋利匕首，正谋算着。这时一只血淋淋的鹅被丢在我脚边，老虎猛地冲过来叼着死鹅撕咬，压根儿不管一旁的我。

身后一句嚣张跋扈的话语传来："吓傻了吧？"

身后之人又说："记住，柳家那个死丫头不是你能惹的人。这次只是警告，再有下次我发现你欺负她，我就不客气了。我这宠物，从小也是吃过许多人肉的……"

我一回头，对上墙头那人的视线。

他呆住，接着就从墙上头朝下摔了个底朝天。

我两辈子，见过无数惊艳于我美貌而一见即钟情的人。

顾锦是其中最滑稽的一个。

我熬了一宿的药都洒了个干净，手还被烫得红肿。皇帝知道以后，向来受宠爱、无法无天的顾锦难得丢脸一次，被按在大殿门口挨了一顿板子，还被勒令赎罪，疼得哎哟哎哟着给我打下手。

可能就是那个时候被支使习惯了，后来顾锦便嚷嚷着要给我当牛做马一辈子。当然，他第一次说这话的时候，被皇帝听到，又挨了一顿板子。

顾琉知道以后笑得乐不可支，俊秀无双的容颜发着光一样好看得耀眼，温柔细致地给我手上涂抹伤药，再包扎得平整漂亮。

医者不自医，右手的伤还是得别人帮忙才能包得好。

顾琉低着头，鸦羽长睫遮了半个凤眸，捏着我另一只完好的手状似随意地说："我们家阿陶想欺负谁就欺负谁，再有下次，依然不必忍让。不要怕，你也是有人撑腰的。"

那时候的顾琉虽然才回京城没多久，但宫里的风吹草动已经尽数瞒不过他。

后来不知怎的，本来已经习惯了的皇帝，突然又开始看不惯安王的不务正业，把他养的一院子斗鸡走狗全部没收，又把人丢去军营里让他历练三年。

顾琉亲自训练了几个暗卫，专责保护我。

后来我外出，遇到几拨暗杀的人，幸好有他们，每次都是全身而退。

我知道那些暗杀的人是谁安排的，是柳青石。

他想拉拢我没成功，他自己也知道他对我娘家里以及我们娘俩做的事招人恨，他怕我恨他，对他有威胁，索性斩草除根。即使我是他亲女儿，即使他的内心深处，应该对我娘亲还是心动过的。

我好几次命悬一线，却也阻止了顾琉报复他。柳青石这人经营多年，一时半会儿是很难彻底扳倒的，加之还有孙贵妃保他，不如攒着一股劲，到最后一口气把他们弄掉。

我假装不知道刺客是谁派来的，没有对付他，反而常常在皇帝跟前为柳青石美言，以柳相府的名义做善事，帮柳青石营造好名声。他良相的形象愈加深入人心，完美无缺。

我和顾琉一直都是让柳青石头疼的存在。他摸不透我的想法，也就不再贸然出手，我们表面上相安无事了三四年。

而现在，我不打算相安无事了。

我回了御赐的府邸，把那一束野山栀摆在窗边，幽香丝丝缕缕散开。

我抬头看一眼天色，黑沉沉的，好像快下雨了，估计是夏末最后的一场大雨。马上就入秋了，再过几个月，就又是冬天。

上一世的顾琉，就是死在这一个冬天。

我的心脏又开始发疼，我喝了口苦茶压一压。

往昔，他是所有人的噩梦，却是我一个人的月亮。

今日，我是天下人的圆满，唯是他一个人的遗憾。

捌 愿君，长命百岁，岁岁平安

33

这一大盘棋，该收官了。

柳熙妍是早产儿，自小体弱多病，又很少在相府生活，柳夫人挂念女儿，十几年来，每月都会上山祈福，为她求个健康顺遂。

为了与她顺理成章地撞见，我提前好几个月不定期去同一个寺庙，说是为皇帝祈福，实则在那儿无所事事地跟着老和尚钓鱼。他钓了又放，放了又钓。我在一旁捣乱，丑的大鱼烤来吃，野猫们聚在边上跟我抢；漂亮的小鱼舍不得放走，扣下来全丢给顾琉养着；其他的都放掉。我自己是养一条死一条，好在顾琉什么都会。和尚自己不杀生，但也从不阻止我。

我不需要为谁祈福，很久很久以前，我已经祈求过上苍无数次，事实证明并没有用。

我想要谁健康顺遂，我就自己一步一步去谋划。

这天是柳夫人上山的日子，我已经看老和尚给小和尚们讲解经书很久了，听闻她来，我起身晃悠着去了外边。天色黑沉，不出意外突然下起了暴雨，我就近找了个亭子待着，没多久，回程路上的柳夫人也避雨躲到了这个亭子里。

我站在亭子边缘远看万山枯黄，雨幕遮罩，感受着清凉的水汽扑面而来。

我转身，朝她打了声招呼。

柳夫人不由自主地观察着我。

我与她攀谈起来，聊着聊着，我对她说："夫人，有一个小故事，我想您定有兴趣听听。从前，有一个出身卑贱的书生……"

她的眼神里满是了然，她知道我的身份，她应该是以为我要和她讲我娘和柳青石的事，但我却说："他不择手段考进了皇城，高中状元，打马游街，风光无限。但不久后他就发现，他的手下败将们反而个个都比他官位高，因为别人都是世家子弟，只有他毫无根基和靠山，他的官途一眼就能望到头。

"他并不甘心止步于此，所以他挑中了京中最显赫的世家之一，李家正闺中待嫁的嫡女。他在她踏青时，吟诵了一首必定符合她喜好的诗，引起了她的注意。两人极有缘分，总是在各种地方相遇，李小姐逐渐坠入情网，最后嫁与他为妻。她不知道，两人的所有相遇，都是书生刻意的安排，包括那次差点儿让她被凌辱的英雄救美。

"婚后，为了讨好李家，并且塑造爱妻的形象，他遣散了原本的姬妾。这样好的郎君，任谁也想不到，他为了打压政敌，亲手设计自己怀孕的妻子落水，然后嫁祸给政敌家正当宠的妃子，成功让妃子失宠，政敌落了下风顺势被弄垮。妻子落水早产，差点儿死掉，拼死把女儿生了下来，从此再也不能生育。而书生，斗垮了竞争对手，也获得了皇帝的愧疚同情，官运亨通，一路高升。可怜的李小姐，还觉得不能生育嫡子愧对于他，在书生承诺不离不弃后对他感恩戴德。

“再后来，她早产的女儿好不容易养大，书生为了搭上流落在外的二皇子，在二皇子和人打架时故意安排自己女儿路过，导致女儿被误伤，本就体弱的半大孩子命悬一线，养了好几个月的伤。二皇子出于愧疚，一直亲手照顾着她，两人如书生所愿熟识起来。”

两辈子的时间足够我看清任何一个人，柳青石是个虚伪自私、为了利益不择手段的人，他其实谁也不爱，只爱他自己。上一世费尽心机安排我替柳熙妍进宫，也不是因为心疼她，而是因为她是嫡女，是更好的筹码，她有更好的用途，他不想浪费。

说完，我看向对面已经呆滞的女人，嫣然一笑道：“雨停了，李夫人回府能否捎小女一程？”

听到我的称呼，她没反驳，看来已经默认相信了我说的那些话。

我上山时是骑马来的，临走我把马托付给老和尚：“我以后不会再来了，这小家伙跟着您挺好的。”

老和尚是上一任住持，人老了，七十而从心所欲，不逾矩。他时常游历山川湖海，小马驹跟着他不必天天关在马厩里，再好不过。

老和尚没说什么道别的话，就像我每一次离开那样稀松平常，挥挥手示意我赶紧走，终于没人妨碍他钓鱼了。可这一次，我走了几步，他却又喊住了我。

他说出了第一次见我时，就告诫过我的话，那时候我不熟悉寺庙的路，迷路碰到后山溪水旁的老住持，他看了我好几眼，对我说：“小姑娘，逆天改命，是要替他人承担因果的。”

不愧是天天钓鱼还能名扬天下、德高望重的老和尚，一双慧眼识破千秋。

临别时他又告诫了我一遍，我依旧没回答。老和尚给了我许多个寺庙的地址，散落在五湖四海，他说他会去这些地方布教，如果我无事可做了，可以去找他，一同游历四方。

我说：“好。”

我转身坐上了柳夫人的马车下山。路上的山景有些萧条，我还记得上一世路过这里时，顾琉带我去打猎，饿了就近去庙里蹭和尚们做的素餐，是同一个寺庙。

回了城里，靠近相府时，才发现人群已经把相府大门围得水泄不通，远远可以依稀看到有人跪在门口大哭。

那是一对脏兮兮、看起来很可怜的母女，当街大哭着说起了丞相大人的秘密，控诉他谋财害命，强抢好人家的小姐，又将怀孕的母女俩丢在山里面自生自灭。两人费了十几年才找到这个负心汉，却发现他早已功成名就，娶了官家女子为妻。

两个演戏的非常专业，哭着还能把故事讲得清清楚楚、声泪俱下、感人肺腑。围观的百姓们义愤填膺地朝相府门口的石狮子吐口水，相信丞相大人的逸事马上就能传遍大街小巷。

曾经在京中一度传为佳话的才子佳人以诗相会，如今显得多么可笑。

柳夫人沉默着放下车帘，送我回府邸。到了后，她又沉默良久，随后留下一句话：“大皇子有你，是莫大的福分。”

第二天，随着丞相旧爱找上门传遍京城的，还有丞相夫人休夫带着女儿回娘家的消息。听说夫人放话，两人从此一刀两断。

这意味着，李家和柳相府决裂。

接着，对于柳青石，还有更大的打击接踵而至。

我把那个所谓的神医重新放了出来，这么些年，受毒性折磨，他已经骨瘦如柴。

在外人眼里，神医远游回来看望徒弟，进了趟宫，意外发现皇帝的香囊中带有慢性毒药，但对他本人无害。然后神医一步步推测发现，孙贵妃一直在通过皇帝给叶皇后下毒，当年叶皇后突然病死，说不定就是因为她，而毒是柳丞相提供的。

皇帝当场又吐出一大口血来。

其实这事我没冤枉孙贵妃，她确实干了这种事，上一世的叶皇后估计就是因此而死，这一世我提前把人弄走了才没有重蹈覆辙。

我一直没告诉皇帝，就是要等一个最好的时机，让那个神医来揭发此事。明面上他是我师父，医术应该比我好，我待在皇宫三四年没发现的猫腻，由他来发现，合情合理，不会让皇帝质疑我的能力。

皇帝刚从昏迷中醒来，神医就撞到了柳青石的马车，当场身亡。

神医这几年时常回京城义诊，备受城中百姓爱戴，大街上无数人亲眼看着他被相府的马车当街撞死，群情激愤。再加上前几天那对母女的事，柳青石经营多年的好名声一夕崩塌。

他从前营造的好名声实在是太完美无缺了，所以此时此刻反噬起来也格外猛烈，许多百姓联名请愿罢免柳丞相。

皇帝拖着病体把孙贵妃贬成了美人，柳丞相则被贬官发配出京城。李家第一个落井下石，跪地高呼皇上圣明。

但柳青石在朝中经营多年，利益交织，盘根错节。一大批文臣武将上奏为他求情，皇帝不得不收回成命，把人关在大牢里，双方就这么僵持着。

我去牢里看望他，周围剩下的狱卒都是顾琉的人，我放心大胆地说话，终于承认了两人的关系："父亲大人，您当初派人刺杀我的时候，可有想到过今天这般下场？"

柳青石终于回味过来我这一套捧杀、离间、栽赃嫁祸的手法，他冷笑道："你以为这样就能扳倒本相？"

当然不能，百足之虫死而不僵。

所以我今天是来再加一手，利用那简单幼稚却百试不爽的激将法。

我也笑道："这不是已经扳倒了吗？丞相大人，吃着馊饭，睡着枯草，身上都是跳蚤，还好意思说大话呢？"

柳青石气得袖子一甩，转身背对着我。

踏出阴暗的牢房，顾琉在尽头处的光亮里等我，阳光打在他脸上，精致的眉眼仿若美玉，流光溢彩。

他拉我上了马车，顺手抹掉了我路过刑房时脸上溅到的一滴血迹，深眸倒映着我纯净无瑕的面容。他关切道："阿陶，你瘦了许多。"

我拉过他的手使劲捏我脸上的肉，故作不解地问："这么多肉，你在瞎说什么？"

顾琉笑了。

接到我，十五驾着马车到了一处僻静的酒楼，我们上去一直待到了晚上。隔壁开始有人陆续进去，他们不知道，角落的盆景背后是一个孔，他们的一举一动我们都看得到。

我看到，裹得严严实实的柳青石，还有孙贵妃，以及相府的一些谋士聚在一起，在商议着什么事情。

柳青石出现在这里我一点儿也不意外，他应该是找了个替身代替自己在牢里待着，金蝉脱壳出来密谋如何翻身。

他们要商量什么，我也知道，无非就是逼宫谋反罢了。他们还没有意识到，正是我和顾琉引着他们走上这条路的。

我负责威逼，让柳青石和孙贵妃面临困局，而顾琉负责利诱。

他很早以前就安排了个假的玉牌，假装被孙贵妃意外得到，让手底下的暗兵假装归顺于他们，于是柳青石和孙贵妃一直以为自己手里有底牌。结果他们的底牌是假的，他们拉拢的许多臣子都是假意归附，连现在他们身边的一些谋士也是顾琉的人。

隔壁的谋士们说秋猎是个逼宫谋反的好机会，机不可失，时不再来，于是一群人草草敲定了计划。

他们离开后，我和顾琉从酒楼的密道离开，这里是他们商议事情的固定地点，柳青石到现在还不知道，酒楼老板早就投靠了他人。

秋猎那天，皇帝象征性地骑着马要去猎捕野物，结果却被一队乌压压的陌生兵马包围。顾琉为了营救父皇，和他一起被逼至悬崖边上，最后带着皇帝一起跳了下去。

底下没找到人，皇帝和宴王在秋猎时遇刺失踪了。

朝中无人主事，柳青石被从大牢里请出来稳定局面。他假模假样安排人找了几天，就认定找不到人，开始安排丧事，并且以极快的速度安排了新帝登基。

于是二皇子继位，被贬为美人的孙贵妃直接成了太后，垂帘听政；柳青石官复原职，最后又被封为摄政王。

一切如他们想要的那样，风光无限。

可顾琉哪是这么好对付的人？

让他们成功一次，是为了引出他们手底下明的暗的各股势力，然后在他们最不设防的时候，一网打尽，不留隐患。

一切也如我们想要的那样，只是出了点儿意外。秋猎场上混乱，跟在皇帝身边的我不慎走散，被柳青石扣了下来。

顾琉带着皇帝消失的这段时间，我一个人留在了京城，被软禁在自己的府邸里。

我没想到顾琉当晚大半夜就亲自冒险找来，想带我走，我却拒绝了。这个时候我突然消失，肯定会打草惊蛇。

被软禁了几天，我发现自己的安危压根儿用不着担心，柳青石根本没想报复我，他舍不得杀我。他三个女儿里，我最狠、最聪明、最美丽，因此也最得他欣赏。我对他有威胁时，我再无辜他杀我都毫不犹豫；没有威胁时，虽然我设计对付过他，他也并不介意，依然想着把我写进族谱。

再加上还有个顾锦，穿上了一身尊贵的黄袍，坐上了九五之尊的龙椅，依然没出息得很，孙太后来找我麻烦，他就带着一条白绫在旁边的树上骂骂咧咧地一哭二闹三上吊。他当个傀儡皇帝，也能让权臣太后们头痛。

唯一不好的是，顾锦想立我当皇后，这回竟然除了柳熙妍没人反对。也是，傀儡皇帝的后位归谁并不重要。

我被换了个地方软禁，住在宫里。柳熙妍连夜从庄子里赶回来，提着剑生气地闯进来，用长剑直指我问顾锦："凭什么是她当皇后？"

顾锦赶紧把我拉到身后，挡着那剑尖，试图靠言语劝动她："阿妍，刀剑无眼，你先把它放下再说话好不好？"

柳熙妍气急败坏地大喊"不行"，两个人僵持着时，我绕开顾锦，柔软的手轻轻握住了锋利的剑尖，殿内瞬间安静下来。

在柳熙妍迷惑的眼神注视下，我轻飘飘地握着剑身，一点点刺进自己的胸膛。

我盯着她的眼睛，带着浅薄的笑意，声音很轻地说："你怎么总爱虚张声势？"

柳熙妍性子虽骄纵，但远不到草菅人命的程度。她僵住，等血顺着剑流到手上，才终于反应过来，脸色煞白，扯着顾锦大喊："快叫御医！快点，快点啊！"

顾锦直接抱着我往太医院的方向飞奔，太医们手忙脚乱地把我接过去。柳熙妍不肯走，哭得稀里哗啦地在旁边念叨："柳添，你简直是个疯子！你可千万别死啊！"

她的话听在耳中真的好吵，我自己刺伤的自己，当然知道刺在哪个地方不致命，可疼痛是不可避免的。

这么做，其实是为了避免侍寝，拖延所谓的立后大典。我临时起意想的办法，不算太周全。

伤口疼，心脏也疼。

四周闹哄哄的，像极了上一世我被卫轻雨刺穿心口时的场面。

我疼得头昏眼花，在一片吵闹中晕了过去。

34

上一世顾琉也说过想要立我当皇后，只说过那么一次，第二天醒来他就矢口否认，从此不再提起。

那时候还是隆冬，赶上他母亲的忌日，顾琉自然心情不好，加上天冷腿疾犯了，还有受他体内残毒的影响，他越来越频繁地失控，宫里宫外天天见血。直到暴君出宫远行去祭奠母亲，人人都长舒一口气。

夜里簌簌雪声里夹杂了异响，我警觉地醒来，起身靠着微弱的烛光，看到黑漆漆的房间里晃动的人影。

是顾琉。

我端着蜡烛走近，才发现他满身都是伤，腹部汩汩冒血，眼睛发红，人却安静到死寂。

顾琉回宫途中遭人暗杀，随从侍卫全部死亡，对面也死伤惨重，最后就剩他一个。他悄无声息地回到宫里，没去自己寝宫，也没去找御医，翻窗闯进了我房间。

暴君对所有御医都很排斥，很早之前我就发现了，或许是因为年少时被当作药人的经历，又或许是怕太医里也有想要加害他的人。

总之他的伤，一向是自己包扎，久病成医，也算熟练，只是经常留下扭曲的疤。他坐在全天下最尊贵的位置上，却像一只躲在角落里独自舔舐伤口的野狗。

尤其是这种神志不清的状态下，谁靠近他杀谁，不过他好像对我并不排斥。我小心地剥掉他的外衣，给他处理伤口，生炭火把人烤暖，煨了热粥一点点喂他。顾琉眼神逐渐清明，透过暖黄的烛光对上我的视线。

他的眸中尽是恍惚，一瞬间掠过某种带着温度的贪恋和脆弱。

他拥住我，很久没说话，温热的粥碗还拿在我手上，到最后粥碗都凉透了，他才声音沙哑地说："阿陶，不如你做我的皇后吧。"

他又说："我把宫里其他没用的人都遣散掉，让宫里就只有你和我。朝中有逆心的都一步步清理掉，把被我气跑的那些老臣忠臣都请回来，好好对待江山社稷、黎民百姓，励精图治，明并日月。然后让他们夸赞是因为皇后贤德有加，君主改邪归正……"

或许在那一刻，在温暖的烛火下，他有那么一瞬间是有过拯救自己的动力的。

可他说着说着咳了起来，咳得越来越猛烈，最后竟吐出一大口黑血，眸底的温度瞬间散尽，神色也不再恍惚，变回了惯常的幽黑难测。

他伸手打翻了凉透的粥碗，眉眼间尽是疲惫和疏离："说着玩儿的，你不必当真。”

那天晚上顾琉在我床边的榻上沉沉睡去，第二天我醒来时他人已经不见了。

后来我问起此事，他也矢口否认，没有再提过。

再后来我明白了，那时候的顾琉已经能感觉到自己的油尽灯枯，他的身体破败得摇摇欲坠，那一口黑血就像当头一棒，警告着他不要奢想太多。

而且那时候江山社稷早已被他糟蹋得一塌糊涂，黎民百姓对他恨之入骨，他就没想过自己会有好下场，所以也没给自己留后路。那样的局面，不是短时间内，说扭转就能扭转过来变美好的。

那时候，所有人都盼望着顾琉赶紧去死。

柳青石又拿我娘威胁，催促我赶快用上他给我的毒药，我一拖再拖。尔后有一天柳青石大发慈悲让我娘进宫看望我，我刚走过去接人，就看到她拿出藏起来的武器朝顾琉冲过去，而顾琉毫不犹豫地抽出旁边侍从佩的刀，一下就捅穿了我娘瘦削的身躯。

我娘倒在血泊里。

顾琉一侧头，看到了我，他顿了片刻，擦着手上沾的血，目视我，声音淡淡。

“恨孤吗？”他问。

我全程都是呆怔的状态，呆怔地上去探我娘的鼻息，很微弱，她快死了，很明显已经救不回来，而后我又呆怔地看着顾琉。

我能猜到是怎么回事，柳青石不知道用了什么办法，让我娘以卵击石刺杀顾琉，成功了当然更好，失败了也不要紧，可以让我恨上顾琉，好好按照他安排的那样，去给暴君下毒。

可顾琉明明知道那是我娘亲，也没有丝毫手软，不留一丝情面。这是我想不通的。

我等了很久，顾琉依然没有解释。

我娘的尸体被拖走，我踉踉跄跄地回了自己宫殿，抱膝蹲在角落，一动不动，枯坐了好久好久。然后我想去找卫轻雨，游魂一样轻飘飘走到她门口，却撞见一个陌生男人在里面。

两人竟然是在密谋着不久后祭祀时刺杀暴君。

顾琉真是无时无刻不在被五花八门的人暗杀或是准备暗杀，恶名远扬的暴君，人人都恨不得将他剥皮、抽筋、拔骨。

陌生男人发现了我，立马闪身到我面前，刀架在我脖子上，要杀我灭口。

卫轻雨阻止了他："哥，她和别的妃子不一样，你现在杀了她暴君必定会追究，那样就打乱计划了。交给我，我来处理。"

那人迟疑片刻，看了我一眼，点点头离开。

卫轻雨说，那是她庶兄，在宫里当差，是禁卫军的小首领。

她说，她进宫来就是为了刺杀暴君的那一天，为此他们家所有人都努力了很久。她爹是先帝亲封的武安侯，一生保家卫国、侠肝义胆，恨极了弑父杀弟、践踏百姓的新帝，也为了对得起自己的封号，不惜赌上全族的性命也要推翻暴君。

她说："柳添，你但凡还有点良知的话，就知道该怎么选择。"

卫轻雨拦下她哥哥，说会处理我，可其实她什么也没有做，赌我不会告发他们。

但我根本不知道该怎么选择。

顾琉是个暴君，确实人人得而诛之。

他们受着百姓的供养，自然被教育要为民分忧。可我从小被穷山恶水的刁民欺负，除了已经去世的婶娘，天下百姓于我没有半分恩泽，反而是暴君一次又一次地救我。

顾琉杀了我娘亲，我理应很恨他。

世上大多数人都爱顺生母，因为他们是在母亲的爱护下长大的，自然会认为这是不共戴天的仇恨。可我从小就被母亲打骂着长大，她恨不得我去死，也确实兴头来了就想弄死我。反而是暴君，对我很好很好。

他是所有人的噩梦，却是我一个人的月亮。

世上的道理都告诉我要为民除害，可也告诉我要知恩图报。

人人都意志坚定地痛恨着现在的顾琉，包括他自己，也不那么在乎自己，只有我一个人在进退两难。

我浑浑噩噩挨到了国祀的那天，并没有揭发卫轻雨他们，任由一群人在我眼皮底下传信，然后突然暴动。

参与这场暴动的不只有卫家，还有多方势力联合，规模比以往的都要大。

卫轻雨离得近，一剑刺向顾琉时，我却突然冲到她面前，挡下了那气势汹汹的一剑。

利刃刺穿皮肉，我疼得发颤，声音很是难过："无愧于心，真的好难。"

不阻止他们推翻暴君，但舍生去救顾琉，这是我唯一能做出的选择了。

无愧于百姓苍生，也无愧于我破碎的月亮。

顾琉一僵，指尖微颤地接住倒下的我。

卫轻雨看着手上的血，瞪大了眼睛，猛然推开一旁冲上来的其他叛臣，崩溃地大喊："柳添你个傻子，你个傻子，你扑过来干什么啊……"

我疼得脑袋昏沉沉的，只觉得周围很吵闹，意识模糊中好像听到四周一直在打斗。慢慢地，我失血太多，陷入了昏迷。

清醒过来时，我已经到了一个陌生的地方。我的伤在肩膀，并不致命，已经被很好地包扎起来。然后我起身，看到了一旁不知是死是活的顾琉。

他带着我杀出重围，逃到了这里，后边还有很多人在搜捕追杀。

雪下得很大，顾琉应该是把我塞到了一个避雪的山洞里就倒下了，他的呼吸很微弱，被大雪埋了半截身子，身上到处都是伤，血凝固在四周。

他冷得就像个死人一样。

我冻红了一双手，拼命把他从雪里刨出来，抱着他回温，可他还是冷冰冰的，像尸体一样。我很想哭，却眼睛干涩，只无力地捂着脸，闷声对着一直没醒的他念叨："顾琉，你别死，好不好？"

无人回应我。

我收集了四周的枯木造了简陋的木筏，把顾琉推上去。我拖着木筏，忍着伤口的疼和刺骨的寒冷，在漫天的大雪里，深一脚浅一脚地艰难拖行，试图带他去有人烟的地方。

真的是漫天的雪啊，纷纷扬扬，世界喧闹又寂静，只剩下风雪的声音。

我不知道自己拖了多久、摔了多少次跤，伤口裂开，我自己也成了个血人，虚弱又固执地往前走着。

我又摔了一跤，连人带木筏一起摔进一个大坑里，顾琉砸在我身上，他手指动了动，挣扎着醒过来。在我开始欣喜的时候，他僵硬的手触碰到我散乱的长发，温柔地摸了摸我的头。

他深深看着我，低声喊我："阿陶……"

我等了很久，却没有下文，顾琉一手刀把我劈晕了。

很久以后，我后知后觉，那就是上一世我与顾琉的最后一面，生离死别，却毫无防备，猝不及防。

我醒来时整个王朝已经天翻地覆，几个世家联合起来谋反，推翻了暴君的统治后又开始互相争斗，底下的藩王不甘寂寞也来插一脚，朝政混乱，民不聊生。各地流民又揭竿而起，本来就千疮百孔的王朝以摧枯拉朽之势分崩离析。

顾琉被他们抓了起来，挂在城门处准备凌迟。

而我苏醒在一辆朝南飞奔的马车上。卫轻雨告诉我，她答应过顾琉，要保护我离开，到很远的地方去。

现在的局势下，各方都杀红了眼，我和顾琉待在一起必然会受到牵连，所以他打晕我，交给了卫轻雨，然后任由她带来的追兵将自己扣押。从某种意义上来说这是一种无须言明的交换，他活着被他们抓住，换我安然无恙地离开。

我不肯走，坚持要回去。

卫轻雨很烦躁地劝我说："都已经走出几百里了，你回去又能怎么样？能改变什么吗？别任性了，不要白费别人的苦心，京城那么乱，遇到危险我不一定保得住你。"

“我知道有危险……”我声音很小，甚至有些卑微，恳求她，“不是任性，是我深思熟虑的结果，我想去为他收敛尸骨。”

这不是任性，无论是她，还是顾琉，自始至终都没有问过我的意见。我的选择始终如一，对待任何事任何人，但求心中无悔。

卫轻雨愣住，沉默许久，让车夫掉转了方向。

我们一路朝京城狂奔，但离得实在太远，花了太多时日。

顾琉被架在城门口饥寒交迫好几天，吊着一口气，快死的时候被当众凌迟，底下的百姓恨不得啖其肉噬其骨，最后他的尸首被浇了烈油一把火烧化。无数人赶来皇都见证这一刻，哭的笑的都有，甚至连最后的骨灰也不放过，争着抢着扬其灰。

等我赶到时，大雪覆盖了血色，人群散尽，只留下一个带血的木架子矗立在原地。曾经活生生的一个人，如今在世上不留一点尸骨。

我到底是没来得及为他收敛尸骨。

我跪在雪地里许久，浑身都冻得没知觉了，莫名想起来曾经养过的那只小兔子。

小兔子死掉时也是这样彻骨的寒，我抱着它冷透的尸体摔在雪地里，然后一抬头，看到顾琉站在蜡梅树下。他亲手帮我埋葬它，然后在上面堆了个兔子雪人。

我没来得及为他收敛尸骨。

我眼泪一下就止不住了，捂着脸安静无声地哭起来。

最后是卫轻雨把我强行拉起来，拽回屋里用毯子裹着，用炭火烤暖，然后塞进马车重新出发。她告诉我：“你爹正在找你。你生得这样出众，那群人早就觊觎多时，你爹恐怕是想再把你卖个好价钱。”

车夫一甩马鞭起程，专挑人少的小路走，一路有惊无险。临出城门时，我们的车却在小巷子里和相府的马车迎头相遇。

对面是柳熙妍，只有她和她的随从在。

卫轻雨警惕地看着她，柳熙妍有些呆滞，抱着手里不知道是谁的骨灰坛子，眼睛都哭得红肿了，看向这边。她不傻，反应过来：“柳添，是你，对吗？”

卫轻雨已经做好了她要向柳青石揭发我们的准备。

可柳熙妍主动让开了路，她的声音不复以往般明媚，很是低沉：“你走吧。”

顿了片刻，她说：“走了，就不要再回来。我娘亲知道你和你娘的存在以后，每天每夜都睡不好，她从来不说，可是我知道，她其实很难过。”

所以她才讨厌看到我和我娘，那是她原本完美的父亲背叛与卑劣的证据，也说明她原来美好的日子，都是虚假的泡影。

但她从没想过真的害我，柳熙妍这个人，本性是不坏的，所以她会选择假装没遇见，放任我们擦肩而过。

出了城，我们在路上又撞见了一个人，柳惜容蹲守在路边拦住了马车。

宫里无人主事，许多人偷了值钱的东西逃跑，柳惜容一身宫女的衣服，想必也是逃出来的。

她对卫轻雨说：“我知道你和柳添熟识，她必定在你的车里，我有东西要交给她。”

卫轻雨拒不承认和我相熟，干脆利落地喊车夫绕开。柳惜容跟在马车后面跑了好长一段路，依然不放弃。我看着她，沉吟片刻，选择信她一回。

我跳下车，看着柳惜容一步步跑来，她停在我面前，有些不自在地略过了对我的称呼，交给我一块团起来的帕子。

“那人的指骨，我从人堆里抢来的。”

我手一颤。

忽觉那帕子千钧重。

我小心翼翼地打开，看到里面包着的一小截指骨，又重新包起来，不由得握紧在手心。

“谢谢。”我低声说。

转身想走时，柳惜容又喊住了我，她嗓音干涩地说：“我以前，以为父亲真的很关心我的课业，每每得了先生的夸奖，我总会把自己的得意作品拿给他看。直到有一天，我发现那些我辛辛苦苦熬夜苦读换来的成果，其实他一次也没认真看过，全都随手扔掉了，那一幕我一直忘不掉。

“那时候，我说‘你只不过是一颗棋子，没人在意你和你的那些破烂，你自始至终都不过是个没人要的可怜虫’，其实也是在嘲讽我自己。”

柳惜容迟疑了会儿，犹豫着继续说：“我从前对得到父亲的偏爱太过执着，不管不顾，还利用了你，让你那样伤心，是我的错，对不起……后来我把你埋掉的烂帕子挖出来，一点点洗干净缝起来了，那上面绣的东西真的很可爱，栩栩如生……”

她小心地问了一声：“我还可以喊你妹妹吗？”

柳惜容后悔了，她从小没有人爱，所以极度渴望父亲的关注，可是一回头才发现，其实真正关心过她的我，是被她亲手推开的。

可惜太晚了。

我已经不渴望那点儿微薄可怜的亲情了。

一个人得到过一等的好，就不会再被不合格的那点儿好轻易打动。

或许这也是顾琉的某种用意所在，他让我不再会为了一点儿蝇头般的廉价的爱，就去容忍伤害过自己的人。

我态度坚决道："不可以。"

我上了马车，看着定定站在原地的柳惜容越来越远，她的身影带着数不尽的遗憾和落寞。

我们一路南下，最后到了一个无人知晓的岛上，本是冬末春初，南边的花却都开遍了。

那是一个很美丽安宁的小岛，与世隔绝，建有温馨的屋舍，里面有顾琉留给我的一大笔钱财，还有他亲自训练的用来保护我的人。

我娘也在这里，活生生地在这里。我才知道，当时柳青石本想用一个替身易容成我娘，让人死在顾琉剑下来刺激我，顾琉提前知道了，不知他用了什么办法，把过来的替身换成了我真正的娘亲，他在不致命的部位刺了一剑，让所有人都以为我娘死了。

其实是金蝉脱壳的办法，他替我把娘亲救了出来，从此不必受人控制。

他给我留了完完整整的一条后路。

我抱着那截指骨在门口哭。

后来外面是什么局势，我已经不知道了。卫轻雨也留了下来，她说答应过顾琉会看顾好我的，不肯走。

我不知道顾琉是怎么把一个原本对他只有敌意的人，变得这么固执地听从他的话。

后来我明白了，卫轻雨刺了我一剑，差点儿让我丧命于她手中，她的心里，一直感到愧疚。

卫轻雨做的糕点总是很甜很甜，那是因为她爹在战场上，有一次弹尽粮绝，就靠着她娘塞给他的糕点续了一命，从此她娘都把糕点做得很甜，同样也是这么教她的。

她曾说过，她小时候跟着阿娘学做糕点，是因为她想去当个女将军，镇守边疆。带甜糕上战场是她家的优良传统，她怕没人给她做糕点，索性自己学自己做。后来她入了宫，上战场的事一直拖着，再后来她陪我到了偏远的小岛，又一直拖着。

拖着拖着，年岁蹉跎，到死她都没有再回到从小待到大的边疆。

上一世我们两个都活了很久。漫长的岁月里，我守着过往的记忆，始终走不出去。

以前每次顾琉受伤、中毒，我都对自己恨铁不成钢，怪自己为什么不会医术，没办法于无边的痛苦中解救他。

于是我后来去学了医，阅遍天下医书，走遍山川湖海，救人无数。

可我最初想救的那个人，却没有机会了。

我在每一个惊醒的黑夜里，一遍又一遍地幻想，我回到顾琉死的那天，把他救了回来。

可是后来我发现那没有意义，都没有意义。

即使那天顾琉不死，他的身体破败不堪，也再活不了多久。

即使那天的暴乱没有发生，也许在几天后，也许在几个月后，也早晚会有人带头，前赴后继地去推翻暴君。

即使没人谋反、叛乱，顾琉依然会作茧自缚，得不到好下场。

因为他的内里是崩坏的，他一直在自暴自弃。

就像街头流浪的壮年人，旁人只会疑惑他为什么不随便去找个活干，好歹有容身之处；而不知道，他们缺少的并非强壮的身体，而是内里的生机，缺少的是好好活着的劲头。

话本里的女主救赎反派好容易，谈情说爱就可以解万难。

可是……

可是一个内里毫无生机的人，又怎么能够被浅薄的爱情所拯救呢？

所以那时候我便想明白了，如果真能重回过去，我要让顾琉依旧爱己爱人，永远不会放弃他自己。

就像，他一点点教会我的那样。

寿终正寝之时，弥留之际，我仿佛看到洛城的梨花又开了满树，被众星捧月般对待的少年坠落神坛，高悬的明月掉进淤泥，我把他捡回了那座小茅屋，把欺辱过他的那些人一一杀死。

月亮掉进淤泥里，那就一步一步，把他捧起来。

35

我从昏迷中苏醒，看到殿里只剩下顾锦和柳熙妍，两个人应当是在轮流守着我，柳熙妍趴在床尾睡着了，顾锦撑在桌子上，头一点一点的。

发现我醒来，顾锦猛地站起来，快步走到了床边说：“小柳你醒啦！”

他又说：“你终于醒了，吓死我了，你伤口疼不疼？柳熙妍这个死丫头，回去我就让她爹把她禁足三百年，倒欠两百年。对了，御膳房煨着小米粥、白粥，还有各色点心，饿了吗？想吃什么，我吩咐人送过来……”

我说想喝温水，打断了他的喋喋不休，顾锦赶紧殷勤地端茶倒水，一点儿当皇帝的架子都没有。看着我慢吞吞喝水，他的眼神忽然黯淡下来。

“小柳，太医说你的伤没有大碍，但是……但是他们说你有心疾，发作时疼痛难忍，而且很难医治。我从来没见过你表现出来，你为何要一直忍着……”

我假装没听清他的话，放下杯盏，神色自然地岔开话题：“送柳熙妍回去吧，这么晚了，她母亲必定担忧至极。”

主要是想支开顾锦，不想再听他喋喋不休讲话，我本来就很疲惫。

顾锦听话照做，又想到了什么，他特意向我解释：“小柳，我只当阿妍是妹妹。其实她也不是喜欢我，她只是分辨不清什么是喜欢，什么是友情和亲情。她爹从小刻意引导，灌输给她的思想，就是她得成为未来的皇后，她只有我一个选择。但是她喜欢的另有其人，只不过她自己还没意识到。”

“我知道。”我并不在意这些本就和我无关的事，只想安静地休息。

我知道柳熙妍喜欢她身边那个，从小陪她一起长大的小侍卫。上一世我与她在巷子里狭路相逢，她抱着不知是谁的骨灰坛子，眼睛哭得红肿，神情呆滞，声音低落。后来我听说，她把自己嫁给了一个死人，白衣守寡几十年。

那个骨灰坛子，就是那场动乱里，为救柳熙妍而死的小侍卫的。

上一世柳青石以为我母亲死了以后，也是这般的失魂落魄、追悔莫及。

这一世的柳青石在李夫人离开后，同样不甘心地试图挽回，屡次被拒后还消沉了很久。

包括柳惜容和顾琉的父皇……

太多太多人，总是要失去以后，才知道珍惜，才后知后觉地悔恨。

这一刻，我忽然很想见到顾琉。

伤半好以后，我做了一盏祈福灯，再次写下那句——愿君，长命百岁，岁岁平安。

祈福灯慢慢飘向夜空。今夜月明，无风无雪，也不是什么喜庆的日子，浩渺的夜空中，只有那一盏孤灯冉冉升起，飞向那皎洁的月亮。

今人与古人，望见的是同一轮明月。

宫里的人和宫外的人仰头，也都能看见那黑暗里的一点孤灯。

第二天夜里，我被小宫女摇醒，她兴奋地说：“柳大人，您快去外面看看，好壮观啊！”

我走出去，入眼是无数的明灯，浮动在半空，点点碎光，闪耀在整个夜空。

身旁的小宫女突然昏倒。顾琉从黑暗里缓缓走出来，墨色发丝垂落几缕在槿紫的衣袍上，清俊出尘、龙章凤姿，修长如玉的手上提了一盏宫灯。

“喜欢吗？”他轻声问。

我点点头。

顾琉拉起我说：“走，带你去宫里最高的楼上看。”

他提着灯，带着我从偏僻无人、黑漆漆的小径，绕路去了观星楼。

与此同时，早已蓄势待发的大军悄无声息地攻向皇都，快速地突破了城门，又迅速将皇宫团团围了起来，一同被围住的还有旁边刚换了牌匾的摄政王府。

在孙太后和新晋摄政王还做着执掌天下的美梦之时，他们宣称已经驾崩的先皇在武安侯的护送下，气势汹汹、脸色难看地杀了回来。

局势瞬间紧张起来，变幻莫测。

而在背后翻手为云、覆手为雨的顾琉，拉着我上了观星楼的房顶。倘若给钦天监老头知道，恐怕要气得跳脚。

高处危寒，顾琉变戏法似的拿出一个温度正好的汤婆子，塞在我手心里，又把自己身上的外衣脱了，将我裹得严严实实。

本来开始感觉有点冷的我，现在开始嫌热了。

顾琉说他冷，隔着厚厚的衣服圈住我，抱得紧紧的，我们互相依偎。他得逞地勾起嘴角，眉眼仿佛发着光，灿若云霞。

“阿陶，我会努力活到一百岁的，你会一直陪着我的，对吗？”

那盏祈福灯，看来又被他捡回去了。

我的心脏揪着疼，轻轻地撒谎说：“会的呀。”

今夜的帝都浪漫又血腥，一边是万盏明灯，如星河坠落人间，触手可及；另一边是硝烟四起，争权夺利，惊心动魄的一场皇权戏。

月亮高高挂在九天之上，俯瞰人间悲喜。

一夜过后，柳青石他们理所当然地败了。他们亮出底牌后，满心以为可以扭转局势，结果一直顺从他们的暗兵当场反水，几个人见颓势已成，当机立断选择逃跑。

在有意的放水下，柳青石乱战之中劫持到了齐闵帝，以此来要挟领兵的武安侯，要求给他们提供一辆马车，并且不能派兵跟随。

武安侯不着痕迹地朝这边看了一眼，我与顾琉站在无人注意的角落，顾琉轻轻抬了抬手。

武安侯答应了他们的要求，老老实实找来一辆马车，眼睁睁看着柳青石劫持着先皇，扬长而去，也确实没有追兵上去跟着。

以为逃出生天、早晚可以东山再起的柳青石一行人，走时太过慌乱仓皇，没察觉到，马车底下其实藏着一个人。

十五亲自上阵，藏在车底，沿途留下了标记。

而车里的几个人忙着互相指责，压根儿没有工夫去检查一下马车。

顾锦沉默地在前面策马，车里纷乱成一团。齐闵帝出宫打猎一趟，一转眼什么都变了，曾经最爱的女人和最信任的臣子联合起来刺杀他谋反。尤其是孙太后，明晃晃地背叛，他忍了这么长时间，如今重新见到这个女人，恨得咬牙切齿，不顾脖子边的刀，情绪激动地扑过去把孙太后按倒，死死掐住她的脖子，不留一丝余力，一副要把人掐死的架势。

柳青石冷眼旁观。

顾锦听到里面的动静，发觉不对，赶紧把马车停下来，掀开车帘后震惊得都呆了片刻。反应过来后，他冲上去企图把自己父皇拉开，怒火攻心的齐闵帝毫不留情，一脚把他踹倒。顾锦只好抢过柳青石手里的武器逼迫齐闵帝放手，没料到情急之下失手捅死了父皇。

顾锦愣住。

齐闵帝被曾经宠爱的亲儿子杀死，临死还瞪大着眼睛，死不瞑目。孙太后不知道何时早已断了气，死相扭曲可怖。

多么令人唏嘘的结局，当年他筹谋许久，一举抄了叶家，把叶皇后打入冷宫，连皇后生的太子都被流放，就为了迎心爱的女人入宫，当时，他不知道有没有想到过今天。

而孙太后，当年趾高气扬，对着叶皇后落井下石，故意让人折磨顾琉，当时，她估计也没料到今天，她会死在曾经给过她无限荣宠的男人手上。

身边接连死了两个人，柳青石始终无动于衷，甚至很不耐烦，他将一手把他提拔到权臣之位的齐闵帝的尸体丢下马车，还想继续把另一个也踢下去，好赶紧继续策马逃跑。顾锦从巨大的打击中勉强回过神来，制止了他，坚决不让他把母亲的尸首丢下去，两个人起了争执。

我和顾琉已经赶到，站在不远处的山坡上，我拿起弓箭，瞄准柳青石，一箭射中了他的腿。

柳青石跌下马车，与此同时，藏在车底的十五迅速出现，将顾锦制服。身后一队官兵赶来，利落地把两人捆得严严实实。

跟过来的大臣们都亲眼见证，先皇死于二皇子之手，而顾琉是为父皇捉拿反贼的那一个。多此一举放任他们将人劫持走，就是为了这一幕，让老皇帝死得合情合理，让顾琉获得群臣支持。

柳青石被我带到一处小院子里，推倒在母亲跟前：“你的仇人，你亲手报仇吧。”

我随手丢给她一柄刀，钝刀。

这一世我和她见面的次数屈指可数，隔了好多年没见过，她甚至都懒得朝我看一眼，只是死死盯着柳青石。积年的仇恨涌上心头，她捡起那把钝刀，毫不犹豫地扎在了柳青石左腿的伤口上。

柳青石那张泰山崩于前而色不变的脸终于扭曲了，他痛苦地哀号着，疼得冷汗涔涔。我娘疯魔一样，一下一下往下扎，都是不会一击毙命的地方，到最后柳青石都成了个血人了，仍然留着一口气，痛苦地活着，只是早就没力气痛呼哀号了。

他血都快流干的时候，我娘问他，为什么要那样做？为什么要恩将仇报、歹毒至此、灭她满门？

柳青石虚弱地抬起眼，突然笑了起来，仿佛听到了什么很可笑的事，他笑得越来越大声，神色也染上了癫狂："为什么？当然是因为我需要政绩在官场上立足啊！

"如果不够狠，我现在恐怕还是个奴仆任人呼来喝去吧？父母是奴仆，子孙也是奴仆，世世代代永无翻身的可能。

"如果不够狠，我一辈子也爬不到现在这个位置，只能是个庸庸碌碌的角色，任那些权贵子弟差遣驱使，一群庸碌无能之辈，却能踩在我的头上趾高气扬。明明我才是殿试之时最拔尖的那一个，十年寒窗苦读，却敌不过他人祖父的一句美言。为什么？凭什么？

"我不甘心啊，我总是在不甘心。那些生来就在山顶、什么都不缺的人，自然可以不争不抢、正直善良，然后居高临下地指责我心狠手辣。我不畏惧任何人的指责，我就是心狠手辣，我就要不择手段，一步一步往上爬，把他们都踩在脚下！"

柳青石是这样的人。他也不是毫无感情，我娘和李夫人离开他，他也会难受，但是那一点儿微不足道的感情，永远不会牵绊他的脚步。他最爱的只有自己，最看重的只有利益，野心勃勃，目标明确，奋不顾身。

他看向一旁的我，大笑道："我柳青石不是输不起的人，我很庆幸，我不是输给了权势贵胄，而是败在了自己看得起的亲女儿手上；是因为棋差一着而败北，而不是因为位卑轻贱。”

柳青石拉住我娘的手，连带着她手里的钝刀，干脆利落地抹了自己的脖子，血汩汩地往外冒，他慢慢没了声息。

一代权臣黯然谢幕。

我娘还陷在往事里，情绪激动，连带着对我也毫不掩饰厌恶与憎恨。她看向我，一皱眉，抄起手边的茶壶就朝我扔了过来，直指眉心。

顾琉手疾眼快拉了我一把，太过突然，躲之不及，但好歹避开了眉心。茶壶砸在我的额头上，磕出蜿蜒的血迹。

“他留下的孽种，就不该活在这世上。你怎么不去死？你也该死！”

我娘疯狂拿屋里的东西砸我，有什么拿什么，连那柄还带着血的刀也毫不犹疑地朝我扔过来。顾琉护着我躲开，连顾琉的娘亲听到动静也赶过来，护在我身前，不可置信地问：“你疯啦？她不是你亲生的吗？”

她试图劝我娘：“女孩子的脸娇弱，别这么对她。阿陶是个好孩子，出身又不是她自己能选择的，她明明什么也没做错。”

她转身安慰我，其实我一点儿也没伤心，全程冷眼看着我娘发疯。很早很早以前，我对她那天生的感情，已经消磨殆尽。

顾琉曾教我，把自己当成自己的小兔子对待。把自己当小兔子？我忽然就明白了自己的可怜，也明白了他人的可恨。

从前的我被打骂也不知道躲，逆来顺受给她当出气筒，现在的我早已戒掉了讨好人的习惯。

世人常说："六亲缘浅，修的是两不欠。"

两辈子，我帮她亲手报仇，年幼时照顾她，长大后保她富贵安宁。即使把生恩养恩全算上，我除了这一条命，也不欠她什么了。

我平静地擦干净额角的鲜血，温和地与她诀别："娘亲，这是我最后一次喊你，望从此以后我与你，再也不相见。"

她并没意识到我这话有多郑重，一如既往地对我恶语相向："那你走啊！你滚！我也不想再看到你！"

我头也不回地离开。

我接着去了监牢里，看着被关押起来的顾锦，我把手里的毒酒端过去。

"你若活着，对他来说是个威胁。斩草除根，方得安心。"我对顾锦说。

曾经那样潇洒不羁的顾锦，如今满眼颓败，他定定望了我许久，嘲弄地苦笑一声："孤身一人过来，连个侍卫都不带，只要我想动手，就可以轻而易举地劫持你当人质逃跑……"

他眼眶又红了，却难得地没有流泪，眼底还有藏不住的委屈和卑微。他接过那杯毒酒，低头时满是落寞："小柳，你就是仗着我喜欢你，吃定了我不会反抗。

"就像我每次去找你，你总是把柳熙妍引过来，我明知道你那些小伎俩，却还是会一遍又一遍让你得逞。就像，我早就察觉到了你在马车底下安排的人，也还是会帮你掩饰。"

顾锦只是顽劣，并非草包。他其实很聪明，比他母妃要聪明得多，这一点我早有发现，所以一直对他保持着关注和警惕。

但他好像一直都没什么野心，也并不认同他母妃的做法，整日斗鸡走狗，得过且过。他母妃恨铁不成钢，只觉得他烂泥扶不上墙。

顾锦将那杯毒酒一饮而尽，漫无目的地废话，等待着死亡。

“叶皇后一开始便是皇后，她生的皇子也从小是太子，我母妃事事都要拿她做比较，她有的母妃全都想要。可是这么多年了，母妃仍然没有当上皇后，父皇也从没提过封我当太子。母妃心里不平衡，总是想带着我去争一争，抢一抢。

“可是，这江山，不就是当初叶皇后出人出力，陪着父皇打下来的吗？我们有什么道理争抢？

“小时候，别人都有爹爹，只有我没有。母妃不知道，其实外面的小孩老是骂我杂种，我每次和他们打完架，浑身是伤，都不敢回家。我想要的很少很少，我只是想要一个寻常人家那般的爹爹，一个正常的温暖的家……”

他声音越来越微弱，倒在地上。

宫里办了个简陋的白事，顾锦这一生就算是潦草结束了。

我在江南富庶之地选了户好人家，两个老人晚年子孙遇难身亡，正愁没有人陪伴照顾，看到顾锦后非常高兴，说着要把他当亲儿子对待。

那杯毒酒，不是用来取人性命的，而是让人失去过往的记忆。

现在的顾锦，是江南烟雨之地一个员外家的小少爷，父母俱在，老来得子，温馨和睦。家里人说他磕坏了头失忆了，他摸摸脑袋，并没有多想。

我在回京城的路上与高头大马上的卫轻雨擦肩而过。武安侯助先皇帝回京的时候，卫轻雨也在队伍中，还立了点功，封了个小头领的官儿，现在要跟随大队人马回边关去了。她挨在她爹身边，像不羁的鸟儿，要飞去广袤自由的天地。

上一世卫轻雨是陪着我最久的人，我们一起老成白发苍苍的样子，死在春光明媚的三月。一转眼，又五年了，这一世她终于如愿以偿。

我站在路边看着她，宽阔荒凉的大道边，我和身边几个随从突兀地立着，很难不引人注目。

卫轻雨也看过来，视线与我交会。

须臾，我走上前去，把头上唯一簪着的一朵花别在了她的马鞍上，又感觉礼物太过单薄，顺手把手里的长剑也塞给她。

卫轻雨满脸错愕，接着哭笑不得地说："这位姑娘，我也是女子。"

本朝风气开放，姑娘家在大街上看到喜欢的男子，时常会将身上的手帕或者饰品之类的，再不济随手拿些果子糕点，送给那人表达爱慕。

卫轻雨这一身装扮，英姿飒爽，雌雄莫辨，恐怕都习惯了被人认成少年将军。刚从京城出来，身上、马上已经挂满了姑娘家送的东西，光兜里的果子都够她吃好几天。她以为，我也是把她错认成男子在表达钦慕的怀春少女。

我对她轻笑道："我知道的呀。"

说完，却没解释什么，我翻身上马，一点儿也不拖泥带水地打马离开。

我走远以后，卫轻雨才收回目光，将手里的长剑拔出鞘一看，竟是御赐的尚方宝剑。

珍贵至极的玩意儿，可保一族世代荣华。

近百年来历代皇帝，只赐予了一人这意义重大的赏赐，那便是先帝最宠信的太医院之首柳大人，底下臣子盛传的即将登位的新帝唯一的皇后人选。

我的身份不言而喻。

这一世我与卫轻雨并无交集，她恐怕永远也弄不明白，一面之缘，擦肩而过，为何我要把这么重要的东西随手送给她？

回了京城，我见到了抄家后被关押起来的柳家女眷，柳熙妍因为跟着母亲回到了李家，免过一劫，但柳惜容在里面。

我最近才知道，她作为政治筹码，被柳青石许给一个位高权重的老男人做妾，为他铺路。柳家倒了以后，老男人胆小怕事，怕被牵连，连夜把柳惜容送了回来，任由她连同其他女眷一起被关押，不久后就要充作官妓。本来她已经嫁人，是不必遣送回来的。

我不太喜欢充作官妓这种惩罚，顾琉知道，所以也在和那帮老臣们争执，一步步更改礼法。以前本朝女子甚至不可以读书，不可以做官，当年也是叶皇后一力坚持，才有了如今开明的风气。

当然那些都是后话了，我看着挤在一间牢房里毫无体面的女眷们，轻轻朝角落里的柳惜容一指，命令道："把她带出来。"

我扭头走出了这阴冷昏暗的地方，等狱官把柳惜容押出来，一群陌生人把她围住，眼泪汪汪地拉着她关心。

柳惜容错愕，疑惑又慌张地看看他们，接着又看向我。

她并不认识我。

她身边的那些人，是她的生母、她生母的丈夫以及她同母异父的弟弟妹妹们。她的生母被赶出柳家以后，嫁给了一个不算富裕但殷实勤劳的人家，我派人把他们找了出来。听到了亲女儿的消息，这位母亲叫上一大家子，坐了十几天的驴车，从很远的地方赶过来，准备接她回去。

一个充满了爱的家，柳惜容两辈子求而不得的归处。

在她被围着嘘寒问暖的时候，我抬脚走远，让随从给了她一包袱金银财宝。柳惜容回过神来，她不明白一个素不相识的人，为什么帮她？

她踉跄地赶过来追我："等一下！等等，等等！"

我并未理会，头也不回地离去。

皇宫里，顾琉正在试绣娘刚绣好的龙袍，阖宫都在为登基大典忙碌着，人来人往。我穿过繁忙的宫人们，还没走到近前，顾琉就一眼望见了我。

郎艳独绝的公子，霎时眉眼微弯。

他带着笑意问我，身上的衣袍怎么样？

为典礼准备的龙袍，繁复隆重，精美绝伦。只是那盘踞其上的五爪金龙，缺了眼睛，如美玉微瑕，令人惋惜。

顾琉难得向我讨要什么，他想要我来为这意义重大的衣袍，添一双眼睛。

我自己都快忘了，我绣东西一点儿也不输宫里这些绣娘，我这一双手拿灸针、拿绣针，都是灵巧娴熟的。

我当然会答应他，点点头，当晚就配了丝线动手。区区一双眼睛，却也非常耗时间。顾琉搬了桌子在一旁处理事务，守着我。

烛火摇曳，安静又温暖。

可我突然心口一疼，剧烈地疼，以致针戳进指尖，猝不及防晕了过去。

这不是我最近第一次疼晕，我的心疾发作得越来越频繁，也越来越疼，好几次都突然昏倒。之前几次无人发现，这一次直接倒在了顾琉眼前。

我醒来时，顾琉眼睛熬得通红，守在我床边，紧紧抓住我的手，徒劳地焐着，试图把我冷冰冰的手焐暖。

见我醒了，顾琉一把抱住我，声音闷闷的："阿陶，一直以来，我都知道你有很多事情瞒着我。你不想说，我便不问，你不想让人知道，我便不探究，等你哪一天主动告诉我。

"其他事情你一辈子瞒着我都没关系，可是你生病了，这件事，我真的没办法视若不见。

"你这些日子，做过的事，说过的话，都像极了交代后事和遗言。这让我怎么能够不慌张……"

心疾的事，我压着底下的人不让传出去，顾琉有所察觉，所以刻意让我绣龙眼睛，拘着我待在宫里好好观察一番。没想到，当晚我就突然晕倒了。

他满眼没有一点儿安全感，还藏着心疼，看得我心虚。顾琉的情绪很少暴露，现在的他都不像他自己了。

我面不改色地哄骗他："我确实最近犯了心疾，但是不必担心，我自己就是最好的医者，知道该怎么治好自己，慢慢调养就好了。"

顾琉垂眸看着与我相握的手，也不知道他是信了还是没信。

接下来的时间，他都与我寸步不离，亲手照料我的一茶一饭。

我有些无奈，绣完了那对龙眼睛，又去参加了柳熙妍的婚事。

顾锦死讯传开的时候，她哭得稀里哗啦，说要一辈子不嫁去庙里出家。她娘斩钉截铁地做主，让她找了身边那个小侍卫做夫郎，等办完婚事后就把两个人一起扔去江南的旁支家里待着，让她多淋淋雨冷静冷静。

柳熙妍现在看起来冷静了很多，没那么伤心欲绝了，红装明媚，看着喜气洋洋，见到我，却脸色骤变。

没人的时候，她终于问出口："柳添，你这个人，没有心的吗？"

我抬眸看着她。

"顾锦那么喜欢你，一见钟情。他死了，你一丁点儿反应都没有，就算是条狗，对着你摇尾乞怜那么久，你也该惋惜片刻的吧？"

我无波无澜地说："世上哪有什么一见钟情？他和其他人并无不同，只是喜欢上了我的容貌。"

柳熙妍愈加想为顾锦打抱不平："也许一开始他是被你的美貌所吸引，可是后来他真的很喜欢很喜欢你，他会在我面前念叨，他看得到你身上很多的闪光点，他喜欢的是你这个人，不是你这张脸。"

我身上……很多闪光点吗？

我想起来很久以前，那个在山里生活了十几年，突然被丢进皇宫里代替他人做宫妃，顶着别人的身份，连正式名字都没有的我，彷徨无措地站在一群贵女中间，听不懂她们的话头，格格不入，浑身不自在。接着我就被人推出去，被自己亲爹算计，想将我灭口。

再往前一点儿，我是个小乞丐，肮脏瘦小，躺在街上快饿死了，人人都厌恶地捂着鼻子绕开我，还有人在别的地方受了气就踢打我撒气。我冲撞了贵人的车驾，木然等着被打杀后扔到城外的乱葬岗里生蛆发臭。

而现在的我，礼乐射艺，琴棋书画，医术女红，样样精通；心思缜密，杀伐果断，从容得体，不必再遮遮掩掩自己的容貌，也可以保护得了自己。

我成了一个内心平和充盈，不必在爱里面蝇营狗苟，乞求他人施舍一二的人。

我好像确实是有很多闪光点。

我心脏骤疼，眼泪突然就掉了下来，忽然很想很想立刻就抱住顾琉。

我目光复杂地看着柳熙妍，说了她根本听不懂的话："你不明白，他很喜欢很喜欢的，是柳添。"

而顾琉喜欢的，是阿陶。

无论是污泥里的我，还是闪闪发光的我，无论是残暴不仁的他，还是光风霁月的他。

世人皆爱柳添，顾琉从来唤我阿陶。

正如上一世教我写字的那个老臣，包括顾锦，包括无数对我表达过真心的其他人，如果他们早点儿遇到我，我还是个小乞丐，或者是大山里冬天都还穿着单薄旧衣的小姑娘，他们根本不会注意到我。

是顾琉从污泥里看到了我，所以我才能被他们看到，被很多人看到。

我匆匆离开了李家，往皇宫赶去。我拿着专属于皇帝的令牌，穿过重重宫门，闯进了议事的大殿，打断了顾琉和底下一群大臣的对话。

我从来没有这样任性妄为过。

但也没人责怪我，顾琉想也不想便把他们挥退。群臣告退完，走时还热切地跟我打招呼。

我走过去抱着顾琉不说话。

他轻轻拍我的背，像哄小孩一样，也没说话，并不打断这片安静。

几天以后，登基典礼如期举行。

顾琉穿着玄色的繁复衣袍，上面张牙舞爪的金龙双瞳如炬，堪称画龙点睛之笔。百官群臣跪拜，他站在高处长身玉立。

我突然想起那天我穿过昏暗的牢房，尽头处站在阳光里的顾琉。

美玉无瑕，光辉夺目，流光溢彩。

突如其来一阵莫名的感动。

上一世的顾琉登位得极其仓皇，其实那时百官根本没有多少真正臣服于他的，加上他弑父杀弟，群臣背地里对他口诛笔伐。没有一个好的开端，也注定得不到好的结局。

现在不一样了，如今的他是名正言顺地继承皇位。名义上安王逼宫谋反，大皇子带着先皇反击，先皇死于反贼之手，大皇子击溃了叛军，捉拿处决了安王，拨乱反正，人人都该称赞。

这一世顾琉提前几年回京城，有了充裕的时间稳固拓展自己的势力，也将包括柳青石在内的那些对他有威胁的因素都扫除掉了，日后必将国家安稳，社稷安宁。

还有他的母亲，他从小一起长大的兄弟随从，各类他在乎的人，也都回到了他的生活里。

他俊美无双的容颜，没有被老鼠啃食成恶鬼一般；他腿上的旧伤，得到了及时的医治，不会再动不动就隐隐作痛；他上一世被喂了乱七八糟的药物而千疮百孔的身体，现在也好好的，那个所谓的神医也得到了应有的下场；他上一世一路杀回皇城，身上留下的无数疤痕，也不复存在。

他不会再因为见过太多丑恶人性，从而厌倦世人，也厌倦自己。现在的他，仍然相信世间光明美好，仍然坚信上位者就是要为百姓谋福祉，要以天下太平为己任。

现在是一个不再千疮百孔的顾琉，一个很好很好的他。

正如当初那个立在高头大马旁的白衣少年，芝兰玉树，如神明一样。

我捂着嘴，努力不让自己哭出来，悄然退出了场外。

趁所有人都没注意，我随便挑了一匹马，出了皇宫，出了京城，没有方向地一路策马狂奔，捂着心口，疼得快要晕厥。

我有预感，我快死了。

这心疾，无药可医。

从我重生回来第一天起，这疼就开始出现，每一次我改写顾琉命运的关键节点时，心便格外地剧痛难忍。

老和尚曾告诫我："逆天改命，是要替他人承担因果的。"

我大概明白是什么意思，天行有常，一命换一命。

他劝了两次，我都没有回应他。

他不知道，我听到这话的第一反应，不是害怕和退缩。

我很庆幸，上天能够给我一次机会，去逆天改命，承担顾琉的因果。

可我不想死在他眼前，我宁愿死在一个谁也看不见的地方。这样至少，对于顾琉没那么残忍。

我疼得眼前发黑，一不小心连人带马摔下了一个小斜坡，滚进厚厚的积雪里，又一次失去了意识。

我这次醒来得很艰难，好像已经过了很久很久，我费力地睁开眼，看到顾琉背着我，深一脚浅一脚地艰难前行。

好像已经过去很多天了，顾琉看着憔悴得要碎了。

我没料到顾琉能找到我，我自己都不知道自己身在何地。

那么多官兵大臣散开来搜寻，最终还是顾琉一个人找到了我。就像好久以前，我们住在山里的时候，他可以翻过崇山峻岭，一步一步，从东到西，一直找，一直找，终于找到了很晚没回家的我，他的脸上、手上被东边水岸的茅草割出细碎的伤痕，衣角上挂着西边荒地里的苍耳。

只有他不会放弃，所以他总能找到我。

可是这一次，我不能随他回去。

漫天的大雪飞舞，如果顾琉有上一世记忆的话，他就会知道，这一场雪和上一世他死的时候那一场雪，是同一场。

冰冷的雪花，仿佛从时间的那一头，飘到了这一头，带来躲不掉的、似曾相识的寒意。

我凑近顾琉耳朵边，轻轻喊他："顾琉，放我下来。"

顾琉一僵，有些惊喜，甚至一时之间说不出话来，冷风呛进他胸膛，他咳了好一阵子才开口："阿陶，你醒了？"

说了一句废话。

但他不肯放我下来，怕我再耍什么花招。

他果然了解我。

我换了计策，无奈地扯扯他的衣裳，凑近在他脸颊印下轻轻一个吻，在他愣怔的瞬间，手里带毒的银针就扎进了他的皮肉里。

顾琉踉跄两步，带着我摔倒在地上。

我掏出一颗药丸强迫他咽下去，把袖里那柄匕首还给了他，声音压抑着哽咽："对不起啊顾琉，我没办法陪你到一百岁了，我骗你的。"

这是让人失忆的药，上次给顾锦试过了，我留在那儿观察了一段时日，做了改进。现在这一颗，只会使顾琉忘记自己最喜欢的那个人。

肆意剥夺他人的记忆是一件很居高临下不讲道理的事情，我本来不打算这么做的，可是现在，或许也没有更好的办法了。

顾琉动弹不得，也说不出话来，只有一双眼睛可以动，一下也不敢眨地望着我，那眼里有太多心绪，我没敢细看。

我把身上厚点的衣物都脱下来裹住他，迎着纷乱的雪，在他温柔又绝望的注视中，走进了一片白茫茫里。

那是顾琉见到我的最后一眼。

有些离别在相遇的那一刻就悄然写下了结局。

从此柳添销声匿迹，遍寻不着。

世上再无阿陶……

往昔，他是所有人的噩梦，却是我一个人的月亮。

今日，我是天下人的圆满，唯是他一个人的遗憾。

番外一 爱是本能

1

重回过去是为了什么？

也许是，逆天改命，弥补缺憾。

最终，卫轻雨带着她甜甜的糕点去了边疆，柳熙妍没有再错过她的小侍卫，十五看到了他的主子东山再起，叶皇后活着见到了自己的皇儿，李夫人离开了伤害过她的伪善丈夫，柳惜容回到了不会漠视她的生母身边，顾锦生活在一个父母双全的家里，阿陶的娘亲亲手报了血海深仇，连柳青石和孙贵妃也短暂地得偿所愿过。最终柳青石自决的时候，竟也算是死而无憾。

而阿陶的遗憾是什么呢？

是那一个又大又香、藏着碎金子的馒头，她舍不得吃而烫红了心口，却没来得及说一声感谢？

还是那一截小小的指骨，宛如末尾处小小的一点句号，作结暴君瑰丽篇章般的一生，她却没来得及救他于水火？

无论是什么，她都已得偿所愿。

每个人都得偿所愿。

明明一切缺憾都这样圆满补足。

可是为什么，还是会难过？

2

很多年以后，齐国的大臣们进宫议事，总能看到自家皇上偶尔会习惯性地下意识往角落扫一眼，然后怔愣片刻，看起来恍惚又迷茫。

每一次，入眼都是一场空。

连他自己也说不清楚，他到底在期待看到什么？

他好像忘记了什么很重要的人和事。

记忆缺失了一块儿，连带着生命也总感觉不完整。

顾琉掀开自己的衣袖，他左手手臂上，刀刻了一个字，留下浅浅的疤，是一个“陶”字。

好多年前，他被人从冰天雪地里找到的时候，身上都是血，右手握着一把匕首，他不记得发生什么了，但可以肯定，那个字是他自己在昏死前挣扎之时，一笔一画刻在自己手臂上的。

“陶？”

他不记得，身边有谁的名字里是带这个字的。

他状似无意地随口问过一次，下面的人都说不知道是谁，只说他从前接触较多的，是一个叫柳添的姑娘。

柳添又是谁?

他能感觉到，自己缺失的记忆与她有关，但为什么是两个人呢？他想不通。

或许是人都有趋利避害、逃避痛苦的本能，许多年了，他一直忍着没有去探究太多，浑浑噩噩地过了好些年。

直到底下的大臣们又开始联合起来劝诫，催他广选秀女，纳妃立后。

顾琉坐在高高的龙椅上，脸色变幻莫测，过分的安静让底下大臣们紧张起来，他们战战兢兢，开始后悔上奏。随后，上首的帝王才慢条斯理地吐出一句话："那就，把你们认为合适的秀女名单列上来。"

户部大臣惊喜地跪下应诺。

几天后，他们满怀期待地把名单呈上去，顾琉扫了一眼，眼帘半垂，不紧不慢地挨个给上面的姑娘赐婚。

都是匹配的好人家，是大好的姻缘。有些大臣的脸色却逐渐白起来。

估计前几天这些人互相走动，都往上面塞了许多自己家精挑细选出来的嫡女、庶女，打算送进宫以助他们大展宏图。

培养多年的筹码全都许配了人家，这群人便不得不歇下催皇帝纳妃的心思。随手之举，一劳永逸。

顾琉似笑非笑地扫过群臣道："不该你们管的事，手别伸太长。"

当晚，顾琉又把那柄匕首拿了出来，把玩了很久，突然意识到自己这辈子可能都不会纳妃娶后了。

他只是想想那三宫六院，就会很烦躁。

他记得这匕首，是有一年母后送来的一大箱生辰礼当中的一件，上面本该镶嵌着世间最亮的宝石，五彩斑斓。可是不知道什么时候，它就变成了光秃秃的样子，但刀身玄黑纹理流畅简洁，自带一股凌厉霸道之气。

当晚，顾琉做了一个梦。

他梦到自己南下赈灾，急着赶赴灾区，马车在大街上行驶得飞快，然后就撞到了一个乞丐。车夫是临时找来的，仗着能够替他驾车，很傲慢，对着那个小乞丐破口大骂，还甩马鞭抽她。

小乞丐蜷缩着，看着可怜极了。

扒高踩低的事，顾琉身为太子见过太多太多。

只有不上不下的人才会通过欺凌弱者来获得虚荣感，真正的上位者在不触及利益的时候，大多是温和宽容的。

从小就刻进骨子里的教养让顾琉出声制止了车夫，他走出去，随手给了她一点儿吃食和钱财。事情本该就这么了结，尊贵的太子殿下和大街上的乞丐也不会有别的什么交集。

小乞丐一抬头，拙劣地装着可怜向他求助，还隐隐有些害怕和无助。

那一双桃花眼，像极了明媚的阳光照在波光粼粼的春水上，折射出彩色的光芒。

他的心脏仿佛被那柔软无害的光芒击中。

顾琉从小见过形形色色的人，朝廷里修炼多年的老狐狸都能一眼看穿。这小姑娘本性不坏，聪明，有小心机，但生疏笨拙，并不让人生厌，反而惹人怜惜。

举手之劳而已。

他没时间多停留，安排了十五去帮小乞丐办事。后来，十五在他不用的一堆刀兵里挑挑拣拣，选了最锋利的那一柄，去掉了上面花里胡哨的装饰，送给了那小姑娘。

他配合地假装不知情。

后来每当他想起之前见到的那个小姑娘，都会想起她的眼睛。

那把匕首上曾经镶嵌了世间最亮的宝石，但小姑娘的眼睛清澈漂亮，煌煌然，将那最美的彩石也比了下去。

醒来以后，梦境破碎，仿佛就过了那么一瞬间，他就想不起来梦到了什么。

可残留的那剧烈的心跳，却久久不能平复。

3

顾琉迈着大步走出寝殿，出了宫门，一路离开京城，去了一处隐蔽的训练场，找到了正在培养新人的十五。

他终究是再也忍不住不去探究。

他问十五，阿陶是谁？柳添又是谁？

十五跟在他身边那么多年，别人不知道的事情，他必定知道。

十五顿了顿，老实地说：“阿陶就是柳添，柳添是她行走在外用的名字。”

十五细说道：“您流放洛城时遇到了阿陶姑娘，属下与您会合的时候，你们早已熟识，具体情况属下也不清楚。后来她随您进京，救下了叶夫人，在先皇身边谋了个御医之职，一路助您夺嫡。再后来您登基以后，她就失踪了。”

十五已经开始带徒弟，徒弟们围在角落，探出一颗颗脑袋，好奇地观察着这平常难得一见的帝王，也是他们未来要效忠的主子。

挤着挤着，一群人摔成一团，打断了十五的话。十五黑着脸过去一人踹了一脚，一群半大孩子还不够稳重，哎哟哎哟地闹腾，捂着屁股挪出来，排成排跪着请罪。

顾琉当然不会跟一群小孩计较，得到了想要的回答，便离开去了别的地方。

他的母后不愿意回皇宫，一直住在一个清静的小宅院里，和另一个疯女人一起。

他以前没关注过这个疯女人，母后不让接触她，顾琉便也没在意过。现在他知道了，这个疯女人，就是阿陶的娘亲。

他的母后原来是个喜欢走南闯北的人，在宫里都待不住；后来被拘束在庄子里久了，竟变得不爱出门，每日在小宅院里练字、发呆，一天就过去了。

他问母后，还记得柳添吗？

她手里的笔一顿，乱了一笔，便毁了整幅字，她揉起那张纸扔掉，说："那是个聪明的姑娘，你们一起把我从那个人手里救了出来。"

顾琉拿着母后给的钥匙，打开了小宅院西苑的大门，看到了那个人人见了绕道而走的疯女人。

母后告诉他，这人是在一个平静的清晨突然就疯掉的。

柳添失踪以后，大家都传她应该是死在了找不到的地方。消息慢了好几拍传到她娘亲耳中后，她这个从来没关心过女儿的亲娘，突然就发疯了。

女人不肯相信，失魂落魄地自语："死了？"

她自问自答："怎么可能？怎么可能？不可能的！不可能……"

她自己都没察觉自己哭了，神情魔怔道：“她那样的人，怎么会死呢？我把她推进河里，丢在有狼的深山中，用石头砸她的头，不给饭吃等她饿死……一次又一次地想弄死她，她都好好长大了。她那条贱命，那么顽强，怎么会死呢？”

她自言自语着，或许是想起了太多旧事，或许是迟来的心疼和歉疚，想起身为母亲的她，用竹条抽，用指甲抠，扯亲女儿的头发，从来没好好对待过那个小小的阿陶，女人当场号啕大哭。

从此以后，坊间多了个疯女人。

她总是偷抢别人家的小孩，哼着温柔的歌谣哄；见到别人家小孩挨骂挨打，她冲过去疯了一样护着，撕咬谩骂小孩的父母；她会搬一块石头给路边遇到的小孩，让对方砸死她；或是站在河边湖边，喊小孩子将她推下去淹死……搞得附近的人家草木皆兵，根本不敢带着孩子出门，就怕遇到那个疯婆子。

叶夫人怕她惹事，上了把锁将她关在西苑里。

顾琉推开门的时候，里面已经杂草丛生，疯女人抱着一个空布包摇来摇去，笑着哼唱童谣，唱完突然又崩溃大哭：“对不起，对不起，我不该把一个才出生的婴儿扔在地上一整夜的。一整夜啊，那该有多凉……”

如果阿陶看到这一幕，不知会做何感想。

偏我来时不逢春，偏我去时春满园。

顾琉微服私访，去了下着雨的江南。

陆家的小少爷陆锦是城里有名的纨绔子弟，但胜在样貌俊朗，和一群人在大街上打马而过，惹得花楼里的姑娘们纷纷倚在窗边挥着帕子惊呼，街边的小媳妇们也悄然红着脸张望。

然后人们就看到了奔腾的马匹过后，站在人群之外的顾琉，瞬间安静下来。太过惊艳，反而不敢出声惊扰。

一袭白衣的如玉公子，隔着蒙蒙细雨，与陆家的小少爷对上了视线。

顾琉只看了他一眼，便转身离开。他身后的陆锦不知道怎么回事，心头忽然涌上莫名的奇异的感觉，一种梦境与现实错乱的眩晕感。

他刚想追上去拦住那人，却被找来的陆老爷子拦住了脚步。老爷子拿着拐杖直往他身上戳，生气地提溜着他回去认错。

因为他又把陆夫人选的相亲姑娘给拒了，这么多年，前前后后气跑了不知道多少个姑娘家，估计马上就会进城里媒婆们的黑名单。他功课也不好好做，账本也不好好学着看，天天就不务正业，和一群狐朋狗友混在一块儿。

老爷子按着他回家去哄老夫人，陆锦虽然浑不懔，但在老父亲、老母亲面前还是非常乖顺听话的，老老实实跟着走人。临走时又往刚刚那个男子的方向看了一眼，人早就走了。

陆锦莫名地怅然若失。

顾琉知道这是他同父异母的皇弟，是本该斩草除根的存在。但曾经的他，却默许了阿陶将人留下。

到底是个怎样的姑娘，让他这样纵容？

顾琉在江南处理事务，还见到了柳熙妍和李夫人。

柳熙妍和她的夫君走在大街上，脚边跟着一个几岁的幼童，李夫人买了糖人逗弄小孙子，远远看去，满是温馨。

昔日骄纵的大小姐，现在看着稳重温柔了很多，也不再排斥母亲安排的婚事，看向丈夫时满眼的爱意。她也意识到了曾经的年少不懂事，自以为喜欢顾锦，天天追在他身后，还频频吃醋嫉妒，对柳添大喊大叫，实在是幼稚。

但柳熙妍从未打心底里讨厌过柳添，虽然每次她去找碴儿，柳添都能轻飘飘地把她气到失控，可谁叫柳添实在好看，她睡一觉起来想到柳添那张脸，自己就消气了。

说起来，过惯了平淡如水的生活，偶尔还是会怀念少女之时在京城的日子。

顾琉在阁楼上垂眸抿茶，底下柳熙妍一行人并没有看到他，谈笑着在灯火里走远。

处理完琐事，顾琉没急着回宫，找了段空闲时间北出一趟塞外，路上遇到了几个提着束脩去私塾的百姓，私塾老师的名字让他驻足了片刻。

是柳惜容。

她生母的家就在附近，弟弟妹妹们早已成家，她却不太想嫁人。从小她就才华出众，于是开了私塾授课，家里也没人反对，都帮她四处宣传招揽学生，如今她已是远近闻名的先生。

顾琉并没有停留，一路北上到了边塞，风沙卷着枯草扑面打来，武安侯和他的女儿提前来到离城好几里远的地方迎接皇帝。

卫轻雨黑了、壮了，咧嘴笑起来露出一口大白牙，一副落拓不羁的模样，看起来和柳添那般外表羸弱的盈盈美人毫不相干。事实上也是如此，这一世自始至终，她们都只有过一面之缘。

可就是这一面之缘，让卫轻雨至今印象深刻，她可能这辈子都忘不掉了，明明那只是一次很寻常的出行。

青衣素净的美人立在官道一旁，身后跟着御用的亲卫，让人看不透她的身份。若是官家小姐，不会自己骑马；若是卫队的首领，不会这般广袖宽袍。更何况，这姑娘生得实在美丽，让人见之忘俗。

后来她知道了姑娘的身份，突然就觉得一切都很合理了。在京城御医本是不起眼的官职，从没听过哪个还能掀起风浪来的，结果到这姑娘这儿变了，先皇几乎对她言听计从，还亲赐她尚方宝剑。听闻宫里的两位皇子也都喜欢这姑娘，以后不管哪个继位，大概率都是她当皇后。能在京城做官的都是人精，这姑娘镇得住一群人精，绝不是外表那般的柔弱无害。

可是她把御赐的剑随手就塞给了自己，后来听说新帝一登基她就失踪了，最后也没有成为谁的皇后。

卫轻雨至今不明白，这些到底都是为什么。

她也不明白，堂堂九五之尊为什么跑到这么远的地方来，就为了向她了解那个她只见过一次的姑娘。

顾琉也说不上来自己是为什么，他到底在做什么。

他像个被神明遗弃的信徒，四处流浪，只为追寻那旧日残留的神迹。

他又像个爱上已逝之人的疯子，可怜地收集着他人的只言片语，去拼凑出一个完整的她。

她临走前抹去了他对于她的记忆，以为这样他就可以毫无负担地重新开始美好的生活。

没想到重来一次，即使什么都不记得，顾琉仍然会再一次喜欢上她。

一次又一次。

爱是本能。

曾经是带她成长，后来是互相扶持，而现在是本能。

每个人都在奔赴自己更好的未来，只有他，就像被遗弃在了时间里，还停留在过去，走不出来。

4

四季一季一季地变换，年岁一年一年地增长。

一转眼过了十数年。

顾琉越发俊美深沉，后宫空无一人，无数妙龄女子挤破头想要进宫，奈何他不感兴趣。老臣们也纷纷进谏，担心皇帝无后。

顾琉也不是什么意见都不听，有道理的他都会听，所以他从皇室宗亲里挑了一群小孩儿出来，养了几年。最出挑的是个小女孩儿，顾琉封她为公主，以后她就是王朝的继承人了。

这下老臣们不再有意见，专心致志培养小皇储去了。

顾琉检查小公主的功课时，发现她琴棋书画样样优秀，几个少师骄傲地夸着。他身边的太监看着顾琉的面色，揣测着他的心思，说：“小殿下与当年的柳大人，真是有几分相似呢。”

然而顾琉的面色并没有多好，没什么表情，叫人看不透。太监意识到自己很可能拍马屁拍马腿上了，冷汗冒了出来，还没想好怎么补救，就听见自家主子低声说了一句：“不像。”

没有任何人像她，她也不像任何人。

她是独一无二的存在。

世上每个人都是独一无二的，阿陶是其中他一眼能看到的唯一。

顾琉记忆缺失，假如他还记得，他就能想起重新见到母亲的那一天，是阿陶设计让她诈死，然后把人带了回来。母亲休息后，他一转头，就看到小姑娘坐在小拱桥上，捧了清水洗去脸上的褐黄脂粉，露出不染纤尘的容颜。她晃悠着白嫩的脚逗弄水里的游鱼，察觉到他的注视，然后一抬眸，粲然一笑。

假如他还记得，他就能想起他名义上重回京城的那天，宫里举办了盛大的宴席，他在前面应付着唇枪舌剑，他的小姑娘则站在不起眼的昏暗角落，周围的宫人在她身旁游走。她的出现没有引起旁人的注意，可顾琉一眼就从人群里捕捉到了她的身影。

那是他在人群里第一眼就能看到的姑娘。

他偶尔会做一些很奇怪的梦，虽然醒来就记不起大致内容，但他可以感觉到，那些并不是发生过的事。

比如他梦到自己是个杀人如麻的残暴君主，差一点儿就失控掐死了阿陶，被她一刀扎穿手心瞬间清醒过来。

他感到很歉疚。

那时候他好像和阿陶还不太熟，但她到底是不一样的，他对每一个人都充满厌倦，包括他自己。唯独那个小姑娘，是一汪清潭水，他不忍破坏。

他梦到阿陶养了一只兔子，很丑，但她很珍视。后来兔子被狗咬死，小姑娘快哭了，看起来很委屈，但就是不肯掉眼泪。

她也不是没有眼泪，只是那是她的武器，假哭的时候眼泪说来就来，真想哭的时候却习惯了死命憋着，好像故作坚强就可以不被伤害似的。

她那个娘亲，并没有把她养得很好。

连哭都不敢哭，估计她小时候受委屈哭鼻子了也只会被责骂。

他那个时候应该是个坏人吧，可是一颗心，却软得一塌糊涂。

他忍不住不去想她，见她委屈失落，总觉得内心刺挠。后来他一步一步，带她成长，让她强大，每当她自我怀疑否定自己的时候，他就郑重其事地告诉她，“你很好”。最终，他确实把小姑娘养得很好。

后来他逐渐明白了，她对于他来说意味着什么。

他在年少尚轻狂时，随手洒了一点辉光在她身上。世事无常，他与之前的自己背道而驰，变成了一个坏人，对世界只剩恶意，也只感受得到恶意，可阿陶是他遗留在世间的唯一的善念，是他内心善意的寄托。

表面上看，是他在一直拯救阿陶。

可是某种意义上，她也是他的救赎，是无处安放的旧我，是唯一肆无忌惮的寄托。

醒来以后，顾琉依旧想不起梦到了什么，但他莫名其妙地让人找来许多兔子养着，可是养了一段时间，又感到无趣乏味。

他内心总是不太舒服，一种空洞无法填补、怅然若失的感觉。

很久以后，他某天半夜惊醒，却也说不清自己在想什么，大半夜提着灯晃悠到了养兔子的一堆笼子前，挨个打开笼门，将它们全部放跑。

他的心脏发闷，闷得难受。

他呢喃道：“这不是我的小兔子。”

时间流逝得飞快，顾琉的寝宫里放着许多重要机密文书的地方，还放着一盏陈旧的祈福灯，一些字迹静静躺在已经泛黄的灯罩上——愿君，长命百岁，岁岁平安。

5

顾琉已经记不清自己多少岁了，当年才半人高的小公主都已经长大，还开始长细纹了。他常听几个近臣哭着说公主什么都好，就是脸长残了。顾琉觉得无所谓，够聪明就行。

顾琉养了一池子不知道哪儿来的漂亮小鱼，越养越多，分得满皇宫的池子里都是。最后实在太多了，他打算把它们放生到山间的溪流里。

顾琉到了地方，听闻附近寺庙里的老住持即将圆寂，随即被请了过去。已经白须冉冉的老和尚活了好多年，老得说话都困难了，他看着顾琉，眼底是苍老的悲悯。

他说：“后山的溪边有一匹老马，是当初有个小姑娘托付给老衲的。一晃眼，原来已经这么多年了。”

老和尚说完这一句，便安静地合上了眼，顾琉上前一探，人已经没了呼吸，小和尚们哭成一片。

顾琉行至后山的溪边，过去老和尚天天坐着钓鱼的石台已经长满青苔，被荒草覆盖。等放掉了养不下的小鱼，顾琉牵起了边上那匹老迈的白马。

他打算把老马牵回宫，让宫里专业的马夫给它养到老死，可一走出寺庙的大门，老马就仿佛感受到了什么，眼里流淌出泪水。

这马从还是小马驹的时候，就跟着老和尚走遍了山川湖海，看遍了世间冷暖，一人一马仿佛多年相伴的老友。老和尚圆寂后，原本身体还算健康的老马突然病倒，死在了一个很平常的夜里。

不知道它死前，能不能想起来小时候无拘无束地奔跑在开满春花的山间，前主人编了花环戴在它头上，带着它一起去给钓鱼的老住持添乱，那是它回不去的幼年。

顾琉的母亲老了以后，常常隔着墙上的窗子，与关在西苑的疯女人聊天。虽然对方不一定听得懂，可是，她少女时的闺中密友远嫁的远嫁，故去的故去，也没别的人可以听她说话了。

疯女人也长了白发，不再癫狂失控，一天到晚看着太阳升起又落下，神情呆滞。只有在有人经过的时候，她才会趴在窗口朝人问："你看到我的阿陶了吗？"

没人理她。

后来疯女人死在一个寒冷的雪夜，死的时候倒在床边，似乎在往角落里挣扎着爬，或许是临死前出现了幻觉，想到了女儿刚出生那会儿，被丢在角落的地板上过了整整一夜。

疯女人死后，叶夫人忽然就感到寂寞了，很少再说话，又过了几年，她无病无痛地故去。

顾琉带着沉重的心情，将她风光大葬。

各地的官员进京参加葬礼，一些老臣早已去世，朝中多了许多生面孔。顾琉看到了一个人，面容有些熟悉，一问竟是刚被提拔上来的柳熙妍的小儿子。

顾琉向他询问起他的父母亲人，年轻的官员受宠若惊地跪下答道："臣的祖母早已过世，母亲与父亲在临安照看孙辈……母亲已经很久没提起故人了。"

顾琉将他挥退。宫宴的时候，他又看到了卫轻雨，距离上次一别已经几十年，武安侯早已去世，卫轻雨继承了他的爵位，长年待在军营，现在已经是个威严壮实的女将军。她身边跟着几个小白脸美男，还有她年纪不大的儿子。

人人都在随着时间往前走，只有顾琉，还留在承安元年冬。

那场纷纷扬扬的大雪，落满了他的一生。

后来，卫轻雨死在了一场战事中，后辈在她坟前放了很多甜腻的糕点；柳惜容成了有名的惜容居士，手底下桃李三千，其中还出过状元；陆锦在老爷子死后，突然就变得成熟，开始主动学着经商看账本，走南闯北，把陆家的生意撑了下来；十五旧伤发作病倒了，开始躺在床上长期养伤。

再后来，这些人也都相继故去。

顾琉不知道自己有没有活到一百岁，他的记忆力已经下降，同时代的人都慢慢消失在他的生命里。宫里宫外，场景换了又换，已经变得陌生，人也变得陌生，都已不再认识。

身边的亲卫是个生面孔，顾琉辨认了很久，才想起来这应该是十五带出来的徒弟。曾经一摞小萝卜头挤在门边偷看，摔成一团，现在都已经看起来人到中年了。

可亲卫却说："主子，十五大人是属下的师祖。"

顾琉一愣。

他其实已经记不得很多事情，许多人的容貌也都想不起来了。只记得某年某月，他依稀间做过的一个梦。

他依稀记得，闹市，马车，还有一双漂亮清澈的眼睛。

顾琉死前，身边围着一群人，大部分他都认不出来是谁的后辈，他说的最后一句话，是一句带着无限遗憾的“时至今日，孤仍然很想梦到她”。

旁人不知是谁，轻声询问：“梦到谁人？”

顾琉沉默了。

边上的人等了很久，颤抖着手往前一探，才发现皇帝不知道什么时候已经没了气息。

6

承安元年冬的那一场大雪，埋葬了太多悲欢离合。

顾琉永远也不会知道，那年冬天的阿陶，走在雪地里，写下过寥寥几行跨越前世今生的字：

月亮本该高悬在层云之上。

我曾挣扎于污泥间窥见过月亮，它的光不是为我而生，却确确实实照耀在了我的身上。我用肮脏的水，捧起了一手粼粼的碎月光。

后来月亮掉了下来，我看到它沉进了泥里，失去了光辉，却依旧挣扎着飞向天空，然后在半空中，忽然碎裂开来。

再后来我有了机会，把月亮小心捧起来，用尽毕生的努力，一步一步，把它重新捧回了天上。

浩瀚的苍穹之上，太阳与它做伴，星辰与它做伴，彩霞与它做伴。

再见了，我的月亮。

无论是上一世，还是这一世，他们好像都没有互相说过喜欢。

阿陶在前世养成了写信给顾琉碎碎念的习惯，如今这自言自语一样的信，注定送不出去，于是她写在了雪地里。

风一吹，雪一飘，字迹就被掩盖，不会有任何人看到。

她感觉无处可去，便去寺庙找了老和尚，想和他一起去游历山川。可到了以后她才发现，老头早已出发，不知身在何方。

她想到了很多地方，又突然很想回家，回遥远的洛城那偏僻大山里的家。

很多年前，她从那座偏远的大山里走出来，经历了两辈子的风风雨雨，去过很多很多地方，见过世间的高山与大海，见过顶级的纸醉金迷与繁华，临死却只想回到那个并不高大壮美、也不奢侈繁华的小角落。

那里，曾住着一个小小的她。

在生命的尽头，她一路走，一路走，朝着千里之外那座破旧的茅屋靠近。

她的身体越来越虚弱。

上一世她救过很多人，却没能救顾琉；这一世她也救了很多人，却没能救自己。

她想起上一世离开茅屋的那一天，她用攒了很久的钱买了一包米糕，充满期待地捧给娘亲，却被突然逼着离家。米糕被丢在地上，被毫不珍惜地践踏。

即使后来生活富足，她好像也一直没有再吃到过曾经最想吃的米糕。

而这一世离开茅屋，她是和顾琉一起走的。阿陶记起那天砸伤了脚困在山里，顾琉找到了她，背着她回家。

那夜的满月清辉普照人间，惊乱的流萤跟在脚边，她在顾琉的背上安心地打瞌睡。

她一路跋山涉水，倒在了离那座倒塌破败的茅屋很近很近的地方，只差那么几步，却到死都没能走回去。后来有好心人经过，把她埋在了废弃的院子里，种了棵梨树，春天的时候树上会开满繁花。

她的生命里，好像冬天总是霸占了太多时间，可每一次与顾琉相遇别离，又总是在春天。小乞丐第一次遇见顾琉时是春天，上一世进宫被推着摔向顾琉时是春天，这一世把顾琉从破庙捡回来时也是春天。

如今又是冬去春来了。

她死的时候，什么也没留下，像一株旧年的野草死在了新年的春风里，不留痕迹。

死前最后一眼，她好像看到了一个小小的自己，在那遥远的咫尺之距的倒塌的老房子里。

那是刚五岁时的她，被取名阿陶。那天正好是中秋节，婶娘给了她一块月饼，她只掰了小小的一块，剩下的全放在了娘亲的床边。她拿着那块小小的月饼，又掰了一大部分，献给天上的月亮。

小孩子的脑袋里就是充满着想象力，她是个很孤独的小孩，她想和月亮交朋友，她已经有名字了。于是她把月饼献给月亮，跟它打招呼。

她说：“你好，月亮，我叫阿陶。”

后来，她说：“再见了，我的月亮。”

往昔，他是所有人的噩梦，却是我一个人的月亮。
今日，我是天下人的圆满，唯是他一个人的遗憾。

番外二 长相厮守共白头

1

皇后近来总是噩梦缠身、心神不宁，避不见客了数日，突然大半夜嚷嚷着要见太子。

宫人们点起烛火，已经见怪不怪了。

这已经不是皇后第一次从梦中惊醒，非要召见太子殿下了。前两天皇后午间浅眯了一会儿，醒来就急匆匆赶去东宫，没找见人，惶恐到差点落泪。太子彼时正在外面跟着太傅处理事务，闻讯风尘仆仆赶了回来，皇后抱着儿子不肯撒手。再前两天皇后清晨梦醒，莫名不安，急着要见太子。殿下正在晨练习武，强行把对手打趴下离了场，带着些微尘土赶来见自己的母亲。

如今半夜三更，皇后又做噩梦了。

宫灯从中宫一路点亮到东宫，太子踩着一地影影绰绰，伴着星星点点的灯火踏进了皇后的宫殿，身后拥簇围绕的侍从们训练有素地散开在殿外驻守。

少年眉目端艳、神清骨秀，即使大半夜被喊起来匆忙出行，乌发锦衣也一丝不苟毫无错乱。他神色没有丝毫不耐，缓缓走向皇后，路过举案的宫人时端起那一碗安神茶，奉至皇后跟前。

“母后，儿臣在此。”

少年声音动听，温和沉稳，一下就安抚了一群人都安抚不来的皇后娘娘。

皇太子殿下，单名一个琉字。琉，如美玉，如琉璃，如星如月，如煌煌流火，一向是叫众人骄傲的存在。

他是身份尊贵的唯一嫡子，是皇帝最疼宠的皇子，是太傅臣僚口中赞不绝口的储君，是百姓巷陌间传颂爱戴的小殿下。他少年老成，诸事完美，处处稳妥。总之，他从小没让皇后操心过。

如此便更显得皇后最近的操心焦虑实在莫名其妙。

顾琉遣散了宫人，温柔镇定地宽慰自己的母亲。四下没了人，皇后混乱的脑子逐渐清醒过来，抓着儿子的手说做了个断断续续的噩梦。

她说梦到皇帝另有所爱，母族叶家被抄家，她被废后，顾琉也被流放，凄惨至极。过一会儿，她又说不是的，她又梦到顾琉安安稳稳当了一世明君。

这几天皇后一直在做梦，醒来却不记得太多，只牢牢记得内心的惶惑，每次醒来都要见到儿子本人才安心。

皇后说得颠三倒四、内容混乱，顾琉极有耐心地听完，轻声说：“这只是梦而已，母后。”

把皇后哄睡下，太子亲手灭了烛火，踏出中宫，却没回去，着手安排亲信去查皇后梦到的那个孙氏。几天后传回来结果，有些出人意料，竟然真的有这么个人，被当今皇帝藏在一处庄子里。

少年敛眸，指尖的信件被随手扔进火里化作飞灰。他慢条斯理，不动声色。不熟悉他的人，根本看不出来那淡眸里的冷意。

太子当天练习骑射，手一抖，不小心射中了伴读表兄的腿，非常诚恳地提着赔罪礼去了叶府，找自己的外祖父道歉。

没人知道祖孙俩关起门来聊了些什么，太子回宫时神色如常，只是突然拐了个道去见皇后。皇后正在午间歇息，太子没喊醒她，只是在一旁安静地泡了壶茶，对着睡着的母亲说："母后安心，您梦到的那些，都不会发生。"

不管那些是某种预知梦境，还是别的什么，都不会发生。

这段时间，顾琉已经确认了皇帝确实心有白月光，还养着那个女人和她的孩子，一直盘算着想要将皇后、太子还有叶家拔除废弃，表面装作好夫君好父亲，实则在谋划着让他们都去死。

他年纪尚小，没法立刻扳倒自己的父皇，所以也没打草惊蛇，全当一切不知情。另一边，他则已经和叶家定好了对策，渐渐收拢起各方势力，等时机成熟谋反逼宫。

父皇会隐忍蛰伏，他自然也会。

一切都将被扼杀在最开始，叶家不会倒，母后不会被废，他也不会被流放，一切痛楚、伤害、分别，都不会发生。

所以太子也就没在意皇后那些混乱矛盾的描述，一会儿说他会变得形如恶鬼，暴戾残忍；一会儿又说他是明君，寿终正寝。

后面的人和事，都不会再有交集，都无关紧要了。

少年安静地来，安静地走。皇后这次不是被惊醒的，而是正常睡足醒来，旁边放着一盏安神茶，到她醒时温度刚刚好。

从小被众星捧月般对待的皇太子却不骄不躁，泡的茶比茶娘煮的还好喝，凝心静气、安神静心，泡开的干花在涟漪中摇曳。

皇后此刻忽然觉得自己做的梦有些荒诞，她皓月一样的皇儿，怎么可能那般狼狈落魄呢？

2

许是太子殿下亲自去找太医院改的安神汤方子起了效果，皇后终于不再浅眠多梦，能安安生生睡觉了。

不过她思来想去，还是把儿子找来，说起了别的事。

其实，前段时间皇后不仅梦到了他，还梦到了一个吃不饱穿不暖的小姑娘，可怜至极。

但皇后不记得那是谁，她回想了一下，这个年纪在闺阁里被娇养着的贵女她倒是知道一堆，这般可怜的，她应当是没见过的。

她习惯性地把问题抛给儿子，虽然顾琉年纪不算大，但事事皆有着落，慢慢地就让人产生了依赖。

她说如果可以找到那个小姑娘，她要给她添几件冬衣。

九州四海找一个梦见的吃不饱穿不暖、不知道长什么样的陌生人，实在是有些为难人。不过太子并未推辞，他向来都很靠谱，皇后说完彻底放了心。

太子踏出殿外，阳光透过雕梁洒在他的身上，俊秀的眉眼间碎金点点。

其实，那个安神汤的新方子是李家祖传的，概不外传。不过，近来李家有个嫁给柳姓官员的夫人也总是梦魇缠身，也是梦到了一些事，也是梦到了一个小姑娘。

李夫人与太子并不相熟，不知道为什么她找了过来，说梦里有个小姑娘，生病被亲娘赶出去，差点儿死掉，真是可怜，托他去搭救一下。

李夫人的那个夫君，为皇帝做事，与孙氏有关。她不知是察觉到了什么，当机立断与其和离切断关系，带着女儿们回了李家，随后李家站队到了太子这边。

那安神的方子，便是某种诚意。至于那个小姑娘，只是顺嘴一提。

她不知道皇后也提起过什么小姑娘。

显然她们说的是同一个人，真是好大的巧合。

太子难得地被勾起了好奇心。好在李夫人记得的细节更多，顾琉顺着一些细微的线索，查到了柳姓官员遮遮掩掩的一些旧事。他还真顺藤摸瓜，在茫茫人海里，硬是找到了疑似那个小姑娘的人。

太子承诺过的事情定然会去做，即使只是微不足道的小事，也不会敷衍了事。

他亲自带着人马秘密离京，去了一个偏远的山沟，骏马踏过泥泞的野地，正要往郡守府赶去。

过了一会儿，这队人马又折返了回来。

为首的少年容颜精致、贵气逼人，一身衣袍干净洁白，他却眼也不眨地翻身下马，踩进了泥地里，从路边荷塘旁的矮木里揪出来一个小孩儿。

是个骨瘦如柴、苍白瘦小的小姑娘。

快入冬的时节寒风料峭，一路的行人都换上了棉袄，她却还穿着单薄的夏衫，那衣衫洗到泛白，短了一截，还打了补丁。

小姑娘发髻梳得很混乱，散了满脸的乌黑碎发，衬得那一张小脸弱不禁风，她清澈的眼睛里盛满了不安。

她在轻轻地抖，不知道是冻的，还是太过害怕。

路边是一片残荷，枯败的枝叶间有零星漏摘的莲蓬垂立其间，同样也是枯败的模样，乌黑干硬，淤泥又脏，水又寒凉，没人看得上。

也只有实在太饿的她，会卷起裤脚蹚着冷水和污泥，摘那干硬的莲蓬剥莲子果腹。其实底下的莲藕才是真正能吃饱的东西，但那是主人家的，她不敢碰。

小姑娘似乎有些胆小，远远听到马蹄声就躲了起来，虽然路过的人与她并不相干。

她不明白这群人又折返回来做什么，缩成小小的一团。

太子盯着她，突然说了句废话："你看起来，很害怕。"

小姑娘顿时浑身僵硬。

她看起来很少见生人，又或许他们一行人看起来是招惹不起的存在，她惴惴不安，迷惑又惶然。

少年叹了口气，他并没有什么恶意，轻轻抬手指了下路边不起眼的一处说："踩烂了你的东西，是我们的不对。"

秋末残荷满塘，却依然有肥绿的叶子还没黄透。她找了一片完整新鲜的荷叶，把剥到的最好的莲子都留着，打算带回去给自己的娘亲煮汤喝，自己只拣丑的差的吃。

那一片盛放着莲子的荷叶放在路边，被群马奔腾而过时踩了个稀烂，那些莲子凄惨地滚进了泥水里。

所以他折返回来，只是想道个歉赔个礼而已，并无任何恶意。

顾琉不动声色地安抚她。

其实这并不是太子殿下一贯的行事风格，他就算再平易近人，也不至于为了路边的一片荷叶几颗莲子亲自回来，顶多派几个仆从去处理。可他眼尖，瞥见了树丛里那个小小的人影。

不知道为什么，他还是自己回来了一趟。

踩烂了人家的东西，还把人家吓到了，顾琉塞给她一个钱袋子，里面是碎银和铜板，这是从随行一个属官那儿薅来的，是老头瞒着妻子偷偷攒的私房钱，零零碎碎，还怪沉的。

他们一行人身上带着的大张银票，并不适合她。

小姑娘蒙了，定定地望着他。

太子本来都打算翻身上马走人了，对上这眼神，忽然又走不动了。

他上前把自己的狐裘围在了她身上，朝身后一瞥，示意下属们搜罗点儿吃食出来。

一行人轻装简行，根本没带多少东西，干粮都是算得刚刚好的，加上就快到郡守府了，早就不剩多少。

十几个人凑来凑去，都凑不出一张完整的饼来。

带头的十五拘谨地把好几瓣饼递过来，太子神色如常，拿袋子装起来塞到了小姑娘手里。一直都是他在说话，小姑娘默不作声，他说："天色阴暗，快下雨了，早点儿回家去吧。"

直到他们走出几步，小姑娘才迟迟地出声，喊住了他，声音细弱。

她反应过来，自己这是遇到好人了。

她并不习惯接受别人的馈赠，受了一分的好，便下意识想还回去十分，但她的生活实在贫瘠，没有多少可以拿得出手的东西。

她手里还握着一把莲子，那是她的认知里为数不多的好东西，平时都是拿来给娘亲煮汤，自己舍不得吃，饿急之下狼吞虎咽了好多，根本没尝出什么味道来。但她仍然觉得，这是世界上最好吃的东西。

她怯弱地、满怀期待地把自己觉得最好的东西分享给这个陌生的少年。

丝毫没发现少年身后的一群人都变了脸色，殿下金尊玉贵，没验过毒的食物怎么能入嘴？他们刚想劝阻，那头他们的皇太子已经把莲子接了过去，自己剥了吃了几颗。吃完，他眉眼微弯，摸摸小姑娘的头说："好了，我们走了。"

她形容清寒苦楚，衣衫却洁净，乌发柔软，手感还挺好。

顾琉把她手里剩下的莲子都拿走了，到地方时亲自给随行的人员一人分了一颗，含笑看着他们吃下去。

那个小姑娘说这个很好吃，太子之前嚼了几颗也神色如常，所以他们并没有意识到有什么问题，不解其意地往嘴里一扔……

一群人顿时脸部扭曲。

从来没有吃过这么难吃的东西。

殿下盯着，他们想吐又不敢吐，只能硬着头皮咽下去。

少年勾唇淡笑时，看起来是极其温柔的。他从小被一帮重臣教导，得他们真传，叫人轻易看不出来喜怒。

只有嘴里还残留的苦味在折磨他们，也在提醒他们——他不太高兴。

太子不喜欢被旁人指手画脚。

也不喜欢，那个蛮合眼缘的小姑娘被恶意揣度。

3

从洛城的郡守那里翻阅卷宗，一路查到了那个柳状元的出生地，太子已经基本猜到他们嘴里的那个小姑娘是什么人了。

人前清正的状元郎，抛弃在这偏僻一隅的旧爱和亲女儿，个中细节不必多言，总之她是个可怜人。

但这世上的可怜人数不胜数，顾琉没有多想，他只是来了却母亲一桩心事的。

他们找到山上时，已经入了夜，压了一天的乌云开始下雨。山间一片漆黑，没有一星一点的火光，就在他以为找错了地方时，一个矮房子出现在前方侍卫提着的灯火边缘。

低矮陈腐，看起来快要倒塌的茅屋，在雨幕里隐于夜色。

走近了才能看到，墙角蜷缩着一个人。

风大，这雨下得斜，破茅屋没什么挡雨的檐，雨水毫不留情地把她的衣服打湿，冷得她瑟瑟发抖。

她像幼兽一样发出细弱的呜咽，一听，说的却是：“好热……”

这声音听着耳熟。

太子脚步一顿，把手里的伞给了旁人，上前将蜷缩成一团的人扒拉出来，果然是之前遇到的那个女孩。

暴雨滂沱，仿若天地间就只剩下这黑夜里的雨声；直到一声惊雷乍起，仿若划过时间的长河，落进此时此刻此间。

他回过神，眼神有些复杂地看着这小姑娘。

原来，要找的小姑娘他们一开始就遇到了。

她现在看起来情况不太好，原本苍白的脸通红，还起了密密的红点子，又淋了雨，模样凄惨。

看样子，正发着高烧。

旁边的屋门紧闭，家里穷自然没条件晚上点灯，娘亲在里面早早就睡下了。

她回来以后就起了疹子，娘亲怕她染了什么疫病，把门闩着不许她进屋。后来下起了雨，娘亲没吱声，她只得缩在墙角避雨。

少年把她湿透的头发拨开，目视着她问：“你娘把你赶出来了？”

小姑娘瑟缩了一下，迟疑着，还是为自己的娘亲辩解道：“阿陶……好像生病了，不能传染给娘亲。”

这小姑娘是什么情况，底下人早就打探清楚了，她生父生母的旧事、她是如何长大的、她的亲生母亲如何对待她……太子记性极好，随意翻了翻，就记得清清楚楚。

他知道她没说实话，她就是被自己亲生母亲赶出来的。皇后是一个非常合格的母亲，所以他不能理解竟然有如此狠毒的生母。

不过，底下人或许是忘记了打听她的名字。他不合时宜地想，原来她叫阿陶。

太子看了一眼那紧闭的房门，喊人把阿陶抱起来，下山回驿馆。路上撞见了一个披着蓑衣冒雨赶来的粗壮妇人，雨太大，她的火把快被浇灭了，只能照出她那双惊恐的眼睛。

“你们是谁？”

看到被抱走的阿陶，她赶紧追上来。

“你们哪儿来的？”

没人回答她，于是妇人害怕地大喊大叫：“快放下我家姑娘！来人哪！抢孩子啦，没天理了，抢孩子了啊！”

阿陶管她叫婶娘。王婶家的大黄狗爱去山上找小姑娘玩，今天狗子火急火燎地跑回来，咬着她裤脚往山上带，王婶就猜到阿陶或者她娘出了什么事，连夜冒雨赶了过来。

没想到路上就撞见一群人高马大、灰衣服的人，抱着她看大的小孩要走。她以为是土匪抢孩子卖，惊恐、慌张、害怕，但还是壮着胆子上来想抢人，也没考虑到自身的安危。

那群人终于停下退开，王婶这才看到站在中央的白衣少年，她愣了一下：半大的小伙就去当土匪了吗？

接着她就听见少年清冷的声音：“给她拿一把伞。”

王婶跟着到了驿馆，还没反应过来发生了什么。阿陶生病了，大黄拽她去看，她赶到山上，却碰见一群陌生人抱着自家小孩下山，还顺带把她也捎上了。

接着发生的事便是稀里糊涂的跟做梦了一样，他们竟然直接住进了城里那个顶气派的宅子里，平时她路过那里都有人守着不让靠近。大晚上点了满屋的蜡烛，真是浪费，不过照得屋子真亮堂。大夫被直接请上了门，还有好几个，同时给阿陶看病，说是吃莲子过敏了，差点儿就死掉了。

差点儿就死掉……王婶猛然从梦里惊醒。

偷偷凑上去远远瞄了好几眼，听到大夫说人没事了，才放下心来。

她这才发现，手里那把忘记放下的伞，做工精良，是她从来没有见过的贵东西。难怪挡雨那么厉害，她要是只有一身蓑衣早就成落汤鸡了。

她抬头看去，屋里亮堂堂的，和之前漆黑的环境不同，所以她终于看清了这群不速之客。这才发现，他们身上的衣服也极为考究，那料子比伞面瞧着还精贵，尤其是那为首的少年，通身的气派，一看就绝不是普通人。

王婶思来想去，只能想到一个解释。

肯定是阿陶的亲爹，那个遭天谴的柳老爷终于想起来这对母女，派人来接她们享福去了。

4

可惜她猜错了，太子并没打算把人接走。

阿陶还在熟睡，王婶自以为他们是柳老爷派来的人，向他们打探柳老爷的消息：“是死外边了吗？这么多年没个音信。”

没承想少年垂着眉眼，语气淡淡道：“不熟。”

状元郎虽有才气，但太过汲汲营营，太傅不喜欢，拒绝了他的投诚，所以那个柳青石现在站队在别处。

太子从前并未留意过这个人，现在倒是稍微留意了一下，来一趟洛城，顺手让人挖了他的老底污点捏在手里，待日后时机到了，便挥挥手把这个不熟的弄臣贬回老家。

王婶愣了，问：“那小公子为何救我家姑娘？”

“路过。”

旁边的十五听得嘴角直抽抽，从京城到这偏远小城，千里迢迢来一趟的那种路过吗？

王婶只觉得他们是日行一善的大好人，感动极了：“那可太感谢你们了，要不是小公子心善，我都不知道今晚该有多难办。”

如果没有他们，或许阿陶也能得救。王婶会背着她下山，在漆黑的雨夜里看不清路摔好多跤，在晚上找不到愿意接诊的大夫，只能挨家辗转去敲门，跪地求他们施救，或许会留下病根，不管怎样，都逃不脱阴冷的雨水，搞得狼狈落魄。

或许他们像神仙一样从天而降的意义就在于，不漏雨的伞、明亮的灯、干燥的床铺、及时的良药，和某种不得见的羁绊。

王婶是个再普通不过的村里妇人，她壮硕粗俗，嗓门大，骨子里善良，又有爱占点小便宜的臭毛病，顾琉给她的那把伞被她偷摸昧下藏了起来。她话还相当多，道完谢还要絮絮叨叨地拉家常，说着说着，就说到阿陶身上去了：“你都不知道这丫头有多厉害，还没灶高就给她娘做饭洗衣了，钻到柴堆里蹭了满脸的灰，像个小花猫！”

她是当玩笑话说出来的，不过少年却并没有觉得好笑，薄唇紧抿，忽然就想起母后梦醒时的那一句——吃不饱穿不暖。

王婶在隔壁睡下时还意犹未尽，从没遇见过这么有耐心、能一直安静听她絮叨的人。她没发现自己藏起来的伞中途被人拿走过，削去了柄上的标记，又放回了原处。

一把伞而已，太子殿下不至于追究这个，但御制的东西流落在外会给她们惹来麻烦，自然要处理妥当。

过两天阿陶醒来时，也感觉自己稀里糊涂的像在做梦一样。

她病倒了，被之前见过的那个贵人救走。他给她找大夫治病，他派来的漂亮大姐姐给她换了一身干净厚实的冬衣，还给她做了一桌丰盛的饭菜。

那衣裳，暖得她手脚都有些发烫。

她今年九岁，在她贫瘠单薄的记忆里，从没感受过这样的温暖。

她还不太适应这么厚实的衣服，路都走不利索了，左脚绊右脚闷头朝地上摔去，被一只手稳稳地托住了。

她一抬头，看见少年矜贵从容，出现得刚刚好。

“阿陶。”他喊她的名字。

“你想搬进大房子里住吗？”

阿陶下意识摇头，反应过来后又变得紧张后悔，为拒绝了他而紧张。

太子并不勉强她，只是把她拉着站定，与她交代：“我母亲与你有些缘分，所以举手之劳助你一二。我们要离开了，给你找了个私塾，你要好好吃饭长大，每天吃得饱饱的，认真念书……”

阿陶安静地听着他说话，就像少年安静地听着她婶娘的念叨一样。

他们上马出城的时候，阿陶跟出去好远，摔了一跤跌在地上，一直到很久后看不见人影了，才慢吞吞爬起来。

她要牢牢记住他的相貌。

他的眼睛、鼻子、嘴巴、眉毛、轮廓……她会一直记住的，日后如有需要，用尽一切办法和手段，上刀山下火海，她也会好好报答他。

5

直到他们离开很久，这稀里糊涂的美梦也没有醒。

婶娘说那个小公子给了她一大笔银钱，够她照看阿陶简单幸福地生活一辈子了。

婶娘每个月送来肉和粮食，季节交替时带阿陶去换新衣。阿陶终于和别人家的孩子一样，不会再因为错乱破烂的衣衫被嘲笑，不会再饥寒交迫，甚至能和别人家的孩子一样在私塾里念书了。

好像世界都格外温柔友善了，私塾先生很喜爱她，路边的老板娘会夸她可爱，肉摊子的老板经常会多给她一些边角料，山脚下的邻里们也和善热情，甚至连娘亲都稳定平和了许多，没有再动不动发疯咒骂撕打她。

婶娘说那是因为山下的大夫会定期上来给娘亲看病，娘亲这疯病也不是没得治。

秋尽冬来，冬去春莺啼。

好久了，老天爷也没有收回这馈赠。

不对，这不是老天爷的馈赠。

是那个少年给予了她现在的一切。

他没有透露自己的身份、来历、姓名。阿陶想，对他来说这一切不过是举手之劳，可能对方已经把她和婶娘都忘记了。

不过她会一直记得的。

一年过去，太子殿下还是会经常想起阿陶。

他以为两人只是萍水相逢，不必放在心上，但这么久了，每每想起那个小姑娘，心头总是有点儿闷。

他正是飞快抽长的年纪，身量颀长，看着清瘦。但他寥寥几招，衣摆翻飞间，就把面前又高又胖的对手打翻在地，手下败将如同杀猪一样嗷嗷地叫。

他的一个伴学遥指远处的少女，调笑道："殿下把人家哥哥揍得这么惨，小心姑娘来找你算账了。"

豆蔻年华的少女，清丽可人，正努力朝这边张望，根本没看那嗷嗷叫的哥哥一眼，只满眼盯着太子殿下。

太子脚边是李家的小公子，被扔过来陪着殿下习武，最近他新来的妹妹总央着要和他一起来校场，他没好意思拒绝。

显然姑娘的目标另有其人，伴学继续打趣道："殿下这般冷淡，妾有意郎无心哪！"

然后他就对上了好兄弟意味不明的眼神，似乎是无语。太子把还在嗷嗷叫装可怜的李二少扶起来，淡声吩咐让他俩继续练。

李二少立马积极且利索地爬起来，他比在场的人都长几岁，生得又高大，自小跟着父辈从军习武，能被拉过来陪太子对打，自然不是什么酒囊饭袋之辈。只是殿下进步飞速，他又不敢下重手，最近被揍得有点惨。

接下来嗷嗷叫的就换成了那个多嘴的伴学。

太子临时退出来，走向了那个姑娘，问道："何事？"

他知道这个人，李二少新来的妹妹，柳惜容。

李夫人和离回李家，把前夫君和妾生的女儿也一并带走了，算作李府的表小姐。

她和阿陶其实算亲姐妹。

柳惜容在校场边徘徊了好多回，还没鼓起勇气上前，就见太子自己走了过来。她内心是有些莫名其妙犯怵的，下意识退后了一步，不过还是道出了来意。

"臣女近来做了一些梦。"

她也不知道为什么要和太子交代这些，可就是觉得应该说出来。她说自己梦到一个女孩子，死了亲人，还被打得奄奄一息，伏在坟头哭得好惨。

柳惜容觉得自己脑子有病，又或许是中邪了，居然跑到一朝太子跟前说自己梦到个不认识的女孩。

只有太子本人知道，那不是梦，是即将发生，又或是过去发生过的事情。

他平静地表示知晓了，平静地换回了常服，平静地路过瘫在地上的伴学，顺便踹了一脚，听到对方的惨叫，确保人还挺精神，他安心地回宫去。接着他平静地听太傅授课，请安，洗漱，就寝。

然后一晚上，他辗转反侧，根本没睡着。

太子不知道自己为什么会辗转难眠，明明那只是个有过几面之缘、根本没太多交集的小姑娘而已。

明明，他根本不需要担心梦里的事情会发生。

因为，她不会像在别人的梦里那样孤立无援。

她身边的邻居，山下满脸横肉的肉摊子老板，裁缝店里的老板娘，她的私塾先生，附近的大夫……目之所及，所有人都会照看她保护她，包括她在乎的人。

那是他亲手收买布置的人手，没有人会让她哭。

就算她真的会遇到麻烦，他也根本不必亲自去解决。

6

第二天太子略带疲倦地洗漱出门，晨练，向母后请安，陪父皇下棋，习射御，习书数，听太傅讲授为政之道、帝王之术，跟着去周边看春耕的进度，最后在回程的途中平静地向太傅请求：“学生离京一趟，请老师为我遮掩一二。”

太傅脚一滑差点儿没摔着，旁边的太子稳稳地扶住了老人家。老头满脸崩溃神情道：“殿下，您下次说这么重大的事情，能不能不要用这么平常的语气？”

太子羽翼未丰，想要瞒着所有人出一趟远门还是挺束手束脚的，不过好在太傅可以配合他。

临行前太子见了柳惜容一面，关心道：“在李家住着可适应？”

柳惜容满头雾水，老老实实回答：“他们都很好，视我如亲生。”

太子没再多言，其实从李二少那百依百顺的态度也看得出来，作为武将世家却生不出多少闺女的李家，对突然多出来的两个妹妹可稀罕得紧。

想到她们，太子心头那股子闷又冒了出来。

其实，它一直都在，不理睬，不深究，也依然摆不脱。

等他到了洛城时，才好一些。

阿陶听说婶娘惹了桩大麻烦，急匆匆地赶过去，街上正乱作一团。

婶娘在路上捡了一锭银子，没走出多远就被人扣住。一个财主模样的人说自己是失主，还说自己丢的明明是一锭金子，声称被婶娘偷偷换了，拿不出金子来还，那就用她家的良田来抵。

婶娘是有些爱贪小便宜的，不然也不会看到路上的银子就两眼放光捡起来，但是也不至于失主来找还不愿意归还，她捡的明明只有银子，怎么拿金子还？但此刻，她可谓是百口莫辩。

阿陶看得出，他们的目标是那些地。

婶娘不服气，和那群人争执起来，可她就一个人，被几个彪形大汉按着毫无还手之力。他们看起来想动手，阿陶冲过去想把婶娘拽出来，为首的财主根本没把她放在眼里："哪来的小屁孩？"

说着抬脚就想踹过去，这人肥头大耳、体型壮硕，一脚下去力道不小。

围观的人纷纷露出不忍的神色，却没人敢上前阻拦。

边上正打算上前劝说的几个人顿时脸色大变，还没来得及阻止，就听见一阵马蹄声传来。

谁这么嚣张，敢朝他们当街纵马？

财主动作顿了一下。

就那么一下，良驹疾行，快如雷闪，眨眼就到了近前，那匹马堪堪停在阿陶面前，仰着脖子嘶鸣了一声，一蹄子把前面的男人踢翻。

这马可是东宫小霸王，血统优秀、脾气极大、生性顽劣，一蹄子把人踢飞，还要跟上去再补两下，然后才高贵优雅地站定。

太子翻身下马，一把拉住差点跌倒的阿陶，俯身从容地拍拍她衣袖上的灰，身后一群地头蛇气得吱哇乱叫，他听着眼皮都没抬一下，只对她说："好久不见，阿陶。"

他到洛城时，刚好碰上她遇人刁难，没有早一刻钟，也没有晚一刻钟，就那么刚刚好。

也许这就是命数吧。

阿陶愣住了，其实一年的时间，说短不短，说长不长，倒也没有好久不见的感觉。眼前的少年高了许多，眉目变得深邃锋锐，但还是熟悉的模样。

她也长个了，之前面黄肌瘦、营养不良，比一般的小孩都要瘦小，虽然现在比起相同年纪的姑娘还是偏瘦，但脸颊有肉，眼里有光了。

太子捏了下她肉肉的脸颊，莫名有一种成就感，看她傻不愣登地还没回过神，再次出声："阿陶，我叫顾琉。"

小姑娘讷讷地跟着重复了一遍："顾琉。"

然后她眨眨眼，清澈幽深的眸子缓慢漾开巨大的欢喜，克制地拽着少年的一截袖子，仰头又轻声喊了一遍："大哥哥？顾琉？"

他温声应了。

他们旁边依旧一团混乱，胖财主重伤躺在地上，骂骂咧咧地要让顾琉他们好看。这人自诩是郡守的亲戚，在这小地方横行霸道惯了，平日里所有人都捧着他顺着他，今天居然遇到个敢纵马踢飞他的，吐着血也要叫嚣："咳咳咳，有本事不要跑！咳咳，爷定叫你们好看，咳……"

接着，聒噪的声音在阿陶喊出那一声"顾琉"的时候戛然而止。

顾琉声音很轻，那边又闹腾，所以一开始没人听到他和小姑娘的对话。阿陶这一喊清脆且大声，震得旁人心神俱颤。

地上吐血的财主这会儿一声不吭了，若是仔细看，会发现他在抖。

他只是嚣张，不是蠢。

"顾"可是国姓。

郡守确实有透露过东宫那位近期可能会来洛城，还特意叮嘱他别冲撞了太子。

这下好了，太子殿下直接亮明了身份，说明这事不能善了了，必然会向上牵扯到郡守。

阿陶并不明白她直呼出的这个名字意味着什么，只看到少年终于看向那个胖男人，倒打一耙地说："你吓到了我的马。"

一旁那匹大白马正没心没肺地嚼着左边侍卫的头发，被躲开了也不气馁，然后又转去右边嚼看戏村民肩膀的衣服，看不出一丁点儿受惊吓的样子。

那胖财主却没反驳，诚惶诚恐地道歉求饶。

怎么可能有用？

边上的闲杂人等不知何时已经被清退了，郡守赶过来，骤觉天塌了，话都说不利索了：“参……参见太子殿下。”

这附近只剩下三方人马，阿陶，还有她的婶娘。

王婶刚被十五扶起来站好，一听到这称呼，眼睛瞬间瞪大。她只是个普通村妇，平时见到的城外押送流放犯人到矿场的衙役，在她眼里都算顶大个官儿了。今天遇到个有钱有势的财主，她都要吓死了，好不容易平复下来心情，又得知眼前这个小公子竟然是太子，顿时想起之前，她絮絮叨叨地拉着少年说街坊邻里的坏话，而身份尊贵的少年安静地听着……

她登时腿一软，直接就跪下了。

十五眼疾手快，顺脚把地上躺着的胖男人踢了过去，给王婶当垫子，体贴但不厚道地说：“婶儿，可别磕到了膝盖。”

本就虚弱的胖男人“哇”地吐出更多血，当场晕了过去。

7

前两世，阿陶十岁那年，她的婶娘死了，从此只剩她和娘亲相依为命，小小年纪就要担负起照顾自己和娘亲的责任。

婶娘是被人打死的，那群人以婶娘昧下他们的钱财做借口，当街把人殴打致死，霸占了婶娘家的地，拿去建庄子享乐。阿陶那天为了把婶娘拉出来，挨了重重的一脚，她实在瘦弱，吐了血，当场就昏了过去。

她醒来时还在街上，有人把她挪到了路边，她踉踉跄跄地回去，才知道那个照看她长大的妇人已经入了棺。

下葬的那天艳阳高照，她磕着磕着头，突然就一动不动了。等其他人把她拉起来，才发现小姑娘早已糊了满脸的泪水。

那只是一个再普通不过的、毫不起眼的妇人，在她的生命里也只是昙花一现，退场得太早，所以后来很少有人知道。

那天的艳阳，真的刺得她心脏很疼很疼。

那是比她亲生母亲更像亲人的存在。

一切都不一样了。

就算顾琉没有赶来，那些留下的人手也会保护她和她的婶娘。

就算没有那些人，他留下的那笔钱，也足够她们应对危机。

而他赶来了，亲手将她保护好，替她教训恶人。

上位者不需要去做太多细枝末节的事情，太子只是提拔了郡守的老对头，接下来新郡守自然会新官上任三把火。

原来的郡守被查出来贪腐渎职，纵容他的亲戚欺男霸女，侵占平民的土地等等，统统被清算。

顾琉一点一点跟阿陶讲清楚他们的身份、目的、下场。他想做的事，自然都会有着落。

阿陶好像一点儿也不惊讶于他的身份。

她从一开始就知道他必定身份高贵，至于具体是什么，她从没觉得自己应该知道，所以也没有被隐瞒的不适。

她只知道感激他的大恩大德。

她表现得实在是安静懂事、听话乖巧，顾琉却不太高兴，甚至有点烦闷。

他知道她念了私塾，且聪慧过人，现在可以听懂一些东西了，主动向她解释："现在局势不明朗，所以留你在这里，会更安全一些。"

总结来说，就是太子联合叶家谋划着推翻皇帝，还没到尘埃落定的时候。把阿陶接出去，万一起事失败了，她也会受到牵连，所以要等局势稳定，再带她去京城。

阿陶听了，沉默半晌，疑惑但直击重点地问："为什么，你对我这样好？”

他理所当然地默认了，应该把她接到京城去住大房子。

这下轮到顾琉沉默半晌了，怔然许久，他摘了路旁一根藤，轻笑道：“给你编个花环。”

他避而不答，转移话题。

其实，他自己也不清楚。

他样样都拔尖，就连临时学个编花环，修长如玉的指节翻动间，成品也是完美无缺的漂亮。

花环戴在小姑娘头上，平添了几分俏皮。

但其实顾琉不是逃避的性子，后来几天他也总是去想，为什么呢？偏偏看不得阿陶受苦受难。

这一年来，看到同龄的小姑娘，他总是想起阿陶。那天看到柳惜容，少女清丽鲜艳，他更是辗转难眠。

她们是异母姐妹，可境遇却天差地别。

高门大户的女儿，精心娇养着长大；而阿陶，不久之前还食不果腹。

和之前相比，她已经幸福安稳很多了，她自己很满足很感激。

可顾琉却想，这还不够。

远远不够。

她不应该是这样的，她应该平安顺遂，更加活泼，更加吵闹，更加配得。别人拥有的东西，她也得拥有。

不必过分地安静、懂事、乖巧。

真是叫人烦闷。

顾琉忽然想明白了，那挥之不去的闷，或许应该是……怜惜。

他总是不自觉地怜惜这个小姑娘。

所以远方那柳惜容有的花环，她也会有。

所以世间的荣华富贵、亲情陪伴、美好事物，她也应得。

8

顾琉已经决定了，要把阿陶带去京城，放在眼皮子底下，对外就算作李府的表小姐。

李家家风良好，明面上又和东宫无甚牵连，会是她很好的靠山。

但阿陶畏缩了。

她有些怕生，也有些害怕外面的世界。

如果没有外在的干扰，她以为自己一辈子都会蜷缩在那个破茅屋里生老病死。

顾琉看着她明明害怕不情愿，根本不想答应，但又下意识张嘴要答应的神色，叹了口气，揉乱了她的头发，阻止了她的顺从。

“算了。”

洛城的郡守已经换成了他的人，里里外外清洗了一遍。他对她的保护并没有遮遮掩掩，她手里有一块令牌，可以随时找到洛城的最高官员，之前那样的事情绝不会出现第二次。

她害怕踏出去的这个小地方，从此真正成为她的避风港。

只是他自己即将有些不大不小的麻烦。

阿陶的小屋子早就修缮一新。顾琉带着她种花，铲平屋前的地，搭了个小院子，里外种上五颜六色的小花。一年生春栽春长，从春天开到入冬的繁花，第二年需要重新种满。

太子的白衣难得沾了泥土草屑，容颜却越发显得夺目逼人。

“喜欢吗？”

那个曾经在漆黑无垠的雨夜里孤零零立在山间的破茅屋，此刻在明媚温暖的阳光下，鲜花似锦，明净温馨。

她自然喜欢得紧。

这花每年都要重新种，所以他会每年回来看她的。

这是承诺。

顾琉回京，刚入宫就被父皇罚跪在殿外，吹了一夜的冷风。

他瞒着父皇擅自离京，其实不算什么大事，可他把洛城的郡守换了。虽然只是一个不起眼的边关小城，不算多么重要，但自作主张、动静不小，皇帝自然会知道，且多少会心生芥蒂。

再严重一点，皇帝若是多疑，可能会察觉到东宫有异心。顾琉跪了一晚上，他的外祖父和师长们都急坏了。

顾琉自己却云淡风轻，等父皇消了气宣他进殿，照常问安，看不出与平时有什么不同。他与父皇对弈，照旧杀得对面片甲不留。

他甚至看起来有点像在与皇帝怄气。

见他这般态度，皇帝反而面色温和了起来。

顾琉去了一趟洛城，把柳惜容也带着了，只是没让她出来见人。柳惜容在那里出生，也算是故地重游。

于是皇帝自己猜测一番，以为看透了少年的心思。他这个太子招人喜欢，听说那个柳姑娘前段时间一直缠着他，皇帝以为太子或许心悦那姑娘，为博姑娘一笑带着她去了家乡游玩，被人不识好歹地冲撞到，一怒之下拿洛城的郡守出了气。

他回来以后挨了罚，还有些不服，和他这个老子生闷气呢。

皇帝自己也没发觉他对这个嫡子的态度很复杂，一方面偏爱另一个女人生的孩子，一方面又习惯了太子的优秀，偶尔看到太子有这个年纪本应该有的莽撞，又气他不够从容谨慎，见不得他有任何错漏。

难得一向不冷不热的太子稍微表现出一些寻常父子间的怄气反叛，那是很相熟的父子才会有的微妙的亲昵，皇帝甚至没察觉到自己竟有些受宠若惊。

皇帝现在觉得，或许是他自己太过小题大做了。

不大不小的麻烦化于无形。

皇帝只以为他年少轻狂、莽撞行事，没因此对他的擅自做主心生警惕和芥蒂，也没发觉阿陶的存在。

9

三年时间一晃而过，阿陶学会了写信，什么乱七八糟、有趣无趣的事都要写下来告诉他。顾琉也不嫌烦，一封一封都去看，每年顾琉都找机会去看她，当初瘦小可怜的小孩，慢慢蜕变成了美丽的少女。

豆蔻年华的少女无忧无虑，每天都要写信絮叨琐事烦他。

她说大黄要叛变了。隔壁不远处搬来一个猎户，在外头做生意混不下去回来重操祖业，刚来的时候还给整个村都送了鹿肉，人看着还挺面善。大黄天天跟在老叔叔后面蹭吃蹭喝，一点儿也不着家，整个狗肥了几圈，村长眼花以为谁家的猪跑了出来，大半夜带着全村人去逮。

那天晚上，大黄挨揍的嚎声格外响亮。

顾琉顿时失笑。

身边的重臣们面面相觑，不明白是谁呈的奏折竟然惹得太子殿下当庭发笑。他们习惯性地脑补起来，一群人冷汗涔涔。

案前的当朝太子未及弱冠，介于少年与青年之间，已经开始帮皇上过目部分奏折，远超历代嫡皇子的优秀与受宠，一如他盛极的容颜，勾唇淡笑时，潋滟春光都失了色。

也许是老眼昏花了，他们总觉得殿下的笑带着某种温柔和宠溺。

顾琉忙完后去叶府探望病重的外祖母，回程路上遇人拦车，一个娇艳的世家女不知死活地挡在前面，要不是宫里的马相当训练有素，车夫差点儿拉不住缰绳。

她显然也后知后觉意识到这举动有多危险，自己先吓傻了，跌坐在地。

顾琉下了马车，垂眼看向她，自然是神色不愉、冷冷淡淡。

不过，看到这人欲言又止的神情，他微眯了眼，俯身盯住她，淡声道：“最近做噩梦了？”

他笃定了然的语气，让柳熙妍猛地睁大眼睛，太可怕了，太子他会读心！

顾琉费了一番功夫才让她勉强相信他听不到别人的心声，让她收收那扭曲的表情。

阿陶的日子越过越安生，已经好几年没有人找到他说什么梦魇了。

顾琉一边抬手解缰绳，一边听着柳熙妍说话，大意是阿陶的娘亲被隔壁的猎户卖给了行商，她杀了那个人，独自踏出熟悉的地界去寻找自己的娘亲。

柳熙妍语无伦次，还没念叨完自己近来梦到的怪事，就见太子衣袂翻飞间，骑上了从马车上解下来的马，匆匆交代了车夫送她回府，扭头便策马离去。

她傻愣愣地看着人离开。

她不会明白，那不只是梦。

每当阿陶需要帮助或遇到危险，都会有人冒出来告知他。

顾琉想也没想就赶了过去。

路上他一边往京中传书，安排妥当东宫和朝廷的事务；一边让十五带着人手和快马赶上来。他换掉跑不快的挽马，日夜兼程，赶到洛城时已是满身风尘。

从京城到洛城那么远的距离，他愣是没有犹豫过片刻。

直奔阿陶的小房子，里面没有人。奇怪的是，留下来保护阿陶的几个护卫也不在，破开隔壁猎户家紧闭的房门，大片的血渍令人咋舌。

留下十五处理这些，顾琉独自一个人顺着留下的脚步踪迹，找到了深山里面。

白衣如雪的姑娘费力地把尸首推向了一处低矮断崖，安静看着死人滚进深坑，手上、衣衫上都被血染得斑驳刺眼。正想清扫来时的痕迹，一转身，她发现了本该远在皇城的太子殿下。

她的大哥哥——顾琉。

阿陶下意识后退了一步，又顿住脚步，僵在原地。

她张开了那双纤白柔美的手，往下滴着血珠。

久违的慌乱、紧张、害怕又缠住了她。

她亲手弄死了那个猎户，这般狠毒，阿陶害怕她的大哥哥嫌弃她。

仔细看，她的手都在抖。

但顾琉走过来，神色淡然如常，并没有流露出分毫嫌弃。他撕下一截衣袖，握住少女柔软冰冷的手，一点一点替她把沾上的鲜血擦得干干净净。

他说："阿陶，你做得很棒。"

猎户的死罪有应得，她一个看似柔弱的小姑娘，能干掉这么个粗壮大汉，真的很厉害。

只是有一点，让人不免担心。

身边那些保护她的人，应该是她自己想办法支开的。

她要亲手弄死那个卖掉她娘亲的人。

同时，她也害怕这种干脆狠辣的做法会被人告知他，害怕他不喜。

可他怎么会嫌弃不喜呢？

他只会担心，她一个人面对这些会遇到危险、会惊惧不安。

她的手都在抖，第一次杀人，母亲又不知所踪，想必她内心也是吓坏了的。

这天气，怎么又冷下来了？

两个人也算是变相的青梅竹马，一起长大，但他们的亲近在眼在心不在身，从不过多逾矩。顾琉第一次留宿在了阿陶那个小房子里，拥着她躺在那张小床上，以某种保护的姿态，拍拍她的后背，哄小孩似的哄她入睡。他握着她冷凉的手，暖到不发抖为止。

他的存在即是温暖，是安全，是靠山。

是意味着他一直都会在，她不必独自面对任何事。

顾琉有时候想，为什么她每次要遇到危险时，都是被别人梦到的呢？他自己从来都梦不到阿陶。多么不公平。

10

顾琉的出现让一切都简单起来，扫尾的事情不需要她去做，娘亲的踪迹也毫不费力找到。

阿陶以为她会失眠，到醒来时才发觉一夜安睡。

醒时娘亲已经被找到了，她刚被卖到一处花楼，底下人把她捞出来，但她不愿意回家。

她还抢走了侍卫的一把刀，毅然朝着和家相反的方向去了。

阿陶只能自己去找她，见到人时才发现，现在的娘亲和平常不太一样了。

正常到令她陌生。

不再浑浑噩噩，不再发疯癫狂，不再呆滞痴语。

平静而美丽的妇人看着她，抬抬手，似乎是想摸摸女儿的头发。她停顿许久，却没这样做，反而“扑通”一声跪下，猝不及防。

她眼角滑出一滴泪，说：“我对不起你，下辈子……”

她终于说出口："做别人的女儿吧。"

或许是坚持不断医治的效果，或许是最近受了刺激，阿陶意识到娘亲这疯病，终于是好了。

但她的娘亲不愿意再回到那个小山沟，下定了决心，要亲手找仇人报仇。选择了报仇，自然没办法再弥补过去对阿陶的苛待。

这亏欠，始终都无法平账。

连她自己都觉得，她不配当这姑娘的母亲。

阿陶把人拽起来，看着对方静如死水的眼神，她明白了，娘亲是想要拉着仇人同归于尽，所以没想过借任何势，只一人一刀孤零零地走。

阿陶哑声道别："下辈子，我们两不相干。"

她尊重娘亲的选择。

妇人嗫嚅着，还想再说什么，终究都咽了下去，独自转身离开。

过了一段时日，京中盛传刚上任的柳侍郎家中失火，在正春风得意时死在了火堆里，还烧死了个侍妾还是新妻什么的，旁人到底探不明白太多。

其实阿陶猜到了最后那一眼，娘亲想说什么。

娘亲想说，其实她不叫阿陶。

这真是个拗口的贱名，取得实在草率。

乡下人都说贱名好养活，但娘亲毕竟是大户人家出身，自然不信这些。

阿陶之前打扫卫生时，曾在娘亲的床底下，翻出来一沓陈旧的纸张。纸可是很贵的，上面写满了不同的名字，个个都是美好的寓意。

她的娘亲，曾经也为她绞尽脑汁过。

就像顾琉出现前的这么多年来，原本十指不沾阳春水的大小姐，为了养活孩子，扎破了手指也要学绣花，一天到晚都在劳作。

但她精神状态太不稳定，疯疯癫癫，记忆混乱，以致自己都忘记了塞到床下的那一沓纸。

这是让阿陶最痛苦的地方，如果娘亲对她坏得彻底一点，她大可以直接断亲，也好过这样爱恨交加，爱得不彻底，恨又不纯粹，折磨得两个人都痛苦至极。

娘亲死了，她也解脱了。

但她感到空落落的。

顾琉一直陪着她，也不说话，只是递过来一小块温热的米糕。

阿陶下意识接过吃下，低头一看才知是米糕，她猜这是顾琉亲手做的。

米糕全都被放在炭火上温着，她吃完一块，顾琉就递过来另一块。温度刚刚好，甜度刚刚好，一切都恰到好处，比阿陶过去吃过的所有东西都好吃。

一个吃，一个递，安静地过了许久。

阿陶吃饱了，还打了声嗝。

她突然上前抱住顾琉，一直压着不肯掉出来的眼泪哗啦啦往下流。

她说：“顾琉，我没有娘亲了。”

她又说：“我跟你去京城。”

11

娘亲没了，阿陶一夜之间成长了许多。

到底是生离死别，让她突然意识到了应该加倍地珍惜眼前人。

她应该更加勇敢一点儿的。

勇敢地踏出去，接受外面的世界，就像母亲走时那样，一步一步踏碎过往所有的懦弱。

她知道顾琉现在身处险局，是想保护她，所以再没有提过带她去京城。

但她不是需要被人保护着只能惴惴不安等结果的姑娘。

她可以与他共进退。

顾琉思虑片刻，答应了。

他没拒绝过她任何事。

她把院门闩好，带着王婶和大黄出了远门。王婶踏进李府大门时，左脚绊右脚，差点儿当众摔了一跤，心说自己这辈子没见过这么气派的地方。

柳惜容和柳熙妍向来不和，一排柳树，一个站这头，一个站那头，齐头好奇地打量着这个新来的表小姐。母亲说过，这个姑娘是那个姓柳的另一个女儿，是她们的亲姐妹，要好好相处。而且人是太子塞进来的，想欺负人家，就得好好掂量一下自己的身板挨不挨得住板子。

后一句是专门说给柳熙妍听的，夸张着吓唬她。

太子早就到了适婚的年纪，一直拖着连个妾室侧妃都没有，简直是京中几乎所有闺秀的梦中情郎，不包括柳熙妍，但包括了她的闺中密友。

此时听到殿下带了个姑娘回来，柳熙妍替她的小姐妹愤愤不平，李夫人特意警告她不得作妖。

她当然不太服气，她的小姐妹样貌、家世、才情样样好，哪里比不过这个山野村姑？听说还带了个土狗过来，那姑娘肯定粗鄙丑陋上不得台面。

然后她就看到人走进来，一瞬间敏锐地察觉到了她们的目光，那姑娘抬眸，透过枝枝垂柳，对上了她们的视线。

少女站定，继而甜甜地笑开，主动向柳惜容问候道："姐姐。"

她一笑间就让两人晃了神。

柳惜容羞涩地应了。

柳熙妍心脏乱跳起来，什么小姐妹的顿时抛到脑后，跺着脚摸了下心跳，那是满满的嫉妒。

凭什么同是亲姐妹只问候柳惜容，不跟她打招呼！

阿陶在李府适应得极好，顾琉也放了心。

太子羽翼渐丰，几年前他离京一趟换了个小官，都需要专门应付皇帝；现在他往李家塞了个人，皇帝竟毫无察觉。

皇帝正满腹心事谋算着铲除叶家，他自以为气候已成、时机已到，只差一个由头，就能开始发难。

顾琉想着，父皇应该快动手了。

宫变那天，一如往常，皇帝接到举报说叶家私藏皇袍，恐有异心，一大群官兵团团围住了叶府。

然后他们破开门，发现里面是空的。

此时此刻，叶家几个将军已经跟着太子带人逼进了皇宫，禁军一半倒戈一半死守，互相消耗，不堪一击。

这场逼宫开始得突然，结束得极快，数年的谋篇布局在最关键的一天，反而轻轻地画上了句号。

皇帝不可置信地看着太子质问："朕待你不薄，为什么？"

顾琉不知从何时起，对他这个父皇就不冷不热，颇有一种看都懒得看一眼的感觉，此刻也是以没什么波澜的语气反问道："如果这一天，您没有被反制住，儿臣与母后、与叶家、与东宫诸官臣属，在您原来的计划里，应该是什么下场？"

只一句话，让气愤不满的皇帝被浇了个透心凉。

他嗫嚅着道："你都知道了？"

顾琉没有回答他，看着他写下退位诏书，就把人赶去了偏僻行宫当太上皇，还把他那个心心念念的白月光也送了过去。然后他冷眼看着两人贫贱夫妻百事哀，日渐憎恨起对方，最后互相谩骂，但也只能一辈子一起被关到死。

对于他那个藏起来的皇子，顾琉倒是没有为难，他本就不是恶毒的人，赐了块偏远封地将他赶去当了个闲散亲王。

一切都很顺利。

阿陶在身边，顾琉谋划得更加小心谨慎。

共进退，他只认了个“进”字。

根本没给她与他共退的机会。

12

顾琉即将登基为新帝，特意让母后用盖着凤印的懿旨给他和阿陶赐婚，登基那天一同举办封后大典。

宫人已经改口叫太后，太后叫他把人带过来瞧瞧，就定在近日的赏花宴上。

李家人听闻太后要见阿陶，紧张得不得了，生怕太后看不上山里面出来的阿陶，非要跟着去，马车还没往前走，后面就添了一辆又一辆。

最后暗戳戳跟了一群尾巴。

太后路过一众闲杂人等，才看到亭子里的阿陶，手里插花的瓷盏登时一松，摔在了地上。

在场的亲属以为她是对阿陶不满，要为难阿陶，一颗心顿时提了起来。

柳熙妍拉着柳惜容猛地站起来，李二少不停喝茶水的动作为之一顿，李三少“唰”地打开扇子想要上前去。

王婵在哪儿都能适应得很好，现在已经是一群公子贵女们的领头了。她眉头一竖，一句“干啥去？”成功制住了这群人。

合着半个赏花宴的闲杂人等，都是李府过来的。

太后俯身捡起地上那株价值连城的世间仅有这一株的牡丹花，既然摔都摔了，她便直接折断，戴在了阿陶发间。

太后温柔地笑道：“本宫第一次见你，但总感觉熟悉，看来我们有些缘分。名花当赠美人！”

浓艳的牡丹簪在阿陶乌黑的发间。

少女端妍，确实当得起这一句“名花当赠美人”。

太后是故意把花摔了的，为吸引众人都看过来，这一幕会被所有人都铭记。

众人看着她亲手写下懿旨，带着祝福为两人墨书婚约。

阿陶有太后的喜爱，有世家的支持，没人可以诟病她不够显赫的出身，一众指手画脚想往后宫塞人的老臣都该噤声了。

她就是最好的。

她值得最好的。

世间荣华、亲情陪伴、美好事物，她都应得。

这是准新皇特意多此一举要长辈赐婚的用意。

顾琉等母后折腾完，领着他的小姑娘退场，带她去了宫里一处偏僻的角落，种满繁花的小房子静立其间。

和洛城她从小长大住的那个一模一样。

不，阿陶看着墙上的划痕，认出这就是洛城山间的那一幢。

它是被一点一点拆了不远千里运过来，再由顾琉亲手，一点一点重新搭起来的。

谁能想到金碧辉煌的皇宫里竟然有一个小茅屋，还被层层保护在一隅。

阿陶自己都没发觉，她缺乏安全感时，总想缩进她的小房子躲起来。

顾琉不曾纠正她，他只是说："以后你想家了，可以随时回来。"

阿陶一整天都是愣怔的，连头上的花都歪了。

顾琉笑着帮她重新簪了一遍，牵着她沿着人少的小路回李府。

天都黑了，月华流淌，静谧无声。

一路上他把那婚书反复拿出来看了好几遍，确保毫无纰漏，才小心收了起来。

月光盛极，照得人间宛如梦华。

阿陶瞥见那婚书的最后一行："卿安，长命百岁，白头偕老。"

图书在版编目（CIP）数据

长命 / 半裁明月著. -- 北京 : 现代出版社, 2025.
4. -- ISBN 978-7-5231-1399-8

Ⅰ. I247.5

中国国家版本馆CIP数据核字第2025YX7590号

长命
CHANGMING

著　　者　半裁明月

责任编辑　杨学庆
责任印制　贾子珍
出版发行　现代出版社
地　　址　北京市安定门外安华里504号
邮政编码　100011
电　　话　(010) 64267325
传　　真　(010) 64245264
网　　址　www.1980xd.com
印　　刷　三河市金泰源印务有限公司
开　　本　880mm×1230mm　1/32
印　　张　8
字　　数　178千字
版　　次　2025年6月第1版　2025年6月第1次印刷
书　　号　ISBN 978-7-5231-1399-8
定　　价　39.80元